Tanja Wagner

Bodyguard – Liebe zwischen Büchern

Tanja Wagner

BODYGUARD

Liebe zwischen Büchern

Bibliografische Information der Deutschen Nationalbibliothek:
Die Deutsche Nationalbibliothek verzeichnet diese Publikation in der
Deutschen Nationalbibliografie; detaillierte bibliografische Daten sind im
Internet über http://dnb.dnb.de abrufbar.

Herstellung und Verlag: BoD – Books on Demand, Norderstedt

ISBN: 978-3-7526-0970-7

„Manche glauben, dass man die wahre Liebe

nur in Büchern und Filmen finden kann.

Dabei müssen wir nur unsere Augen

und unser Herz weit genug öffnen, um den

Einen unter Millionen zu erkennen, der

auch am meisten auf uns achtet."

COUNTDOWN: Zwei Tage vor Messebeginn

Mina Winter sitzt im Wartebereich des Bürokomplexes von SUNSHINE-BOOKS.
Nervös tippelt sie mit den Fingern auf ihrer Handtasche herum.
Hin und wieder sieht sie aus dem Fenster.
Wie gemalt kommt ihr die Skyline von Frankfurt in dieser Jahreszeit vor.
Nicht mehr lange und die strahlende Herbstsonne wird langsam am Horizont untergehen, denn die Tage werden deutlich kürzer, es wird später hell und früher dunkel.
Der Herbst ist in jeder Hinsicht eine erstaunliche Erscheinung, denkt Mina. Offenbart sich doch in dieser Zeit des Vergehens, Erstarrens und Sterbens eine kaum ertastbare Vielfalt und Schönheit ...
„Verdammt!", mahnt sich Mina flüsternd. „Du bist schon wieder viel zu sehr in deinem alten Genre. Konzentriere dich gefälligst auf die neue Buchreihe, Mädchen."
Plötzlich wird eine Türe, direkt neben ihrem Sitzplatz, regelrecht aufgerissen.
Mina kann die aufgebrachte Stimme ihrer Verlegerin wahrnehmen. „Meine Herren, darf ich bitten? Und glauben Sie ja nicht, dass ich mit Ihrer Agentur nicht ein ernstes Wort sprechen werde. Unfassbar ist so etwas!"
Zwei Männer in dunklen Anzügen, mit Sonnenbrillen auf den Nasen und streng nach hinten gestylten Haaren, verlassen mit gesenkten Köpfen kommentarlos das Büro.
Jetzt kann Mina das Gesicht von Fee, alias Fredericke Richter, Verlegerin und Managerin in allen Bereichen bei SUNSHINE-BOOKS, sehen.

Diese hat nämlich den Kopf aus der Türe gesteckt, um sich umzublicken.

Obwohl sie bis vor wenigen Sekunden noch ziemlich aufgebracht schien, lächelt sie. „Mina, meine Liebe.

Bitte komm doch rein. Tut mir leid, dass ich dich habe warten lassen."

Im Büro selbst riecht es aufdringlich und beißend nach Aftershave, was Fee dazu veranlasst den Riegel des Fensters quer zu ziehen und es ruckartig aufzureißen.

Milde Frischluft durchströmt den Raum und diese vermag sogar den Herrenduft schnell nach draußen zu befördern.

Nach einem tiefen Atemzug deutet Fee auf einen der Stühle vor ihrem Schreibtisch. „Setz dich doch. Ist nicht teurer als ein Stehplatz, versprochen."

Mina leistet Folge. Sie legt die Hände ineinander.

„Also Fee, ... darf ich es wagen zu fragen, wer diese Typen waren?"

Fee lehnt sich in ihrem Drehstuhl zurück und setzt ihre Lesebrille, die mit ihren schwarz-goldenen Bügeln als eine Art Designerstück durchgehen könnte, auf.

Sie räuspert sich: „Das, meine liebe Mina, war der lebende Beweis, dass man es in meiner Position zum Teil mit den größten Schwachköpfen zu tun bekommt, die dieser Planet hervorbringen konnte."

Mina lacht. Sie kennt Fee jetzt ein knappes Jahr und weiß, dass ihre Verlegerin, mit dem nahezu schlagfertigsten Mundwerk in ganz Frankfurt am Main, längst zu einer guten Freundin geworden ist.

„Die beiden wollten doch sicherlich kein Buch bei dir verlegen lassen, oder doch?"

„Wo denkst du hin, Süße? Die beiden können mit hoher Wahrscheinlichkeit noch nicht einmal lesen. Sie sollten lediglich als Aufpasser für mich fungieren. Die Agentur, die ich dafür kontaktiert habe, ist bereits die zweite diese Woche. In ihren Anzeigen sprechen sie von Seriosität ..., bla bla ..., und was ist? Ich habe J und K von den Men in Black persönlich vor mir sitzen. Sabbernde, kopflose Schwachmaten, denen ich noch nicht einmal meinen Hund, den ich leider nicht habe, zum Gassigehen anvertrauen würde."

Mina wirkt verwirrt. „Aufpasser? Du brauchst Schutz? Kann ich mir nicht vorstellen, denn wenn dich einer entführt, dann würde er dich mit Sicherheit in kürzester Zeit freiwillig ..."

„Ja, schon okay, ich habe verstanden. Um mich geht es dabei auch nicht, sondern um dich", stellt Fee mit deutlich mehr Ernsthaftigkeit in ihrer Stimme klar.

Die Brille hat sie dabei abgenommen und jetzt kaut sie auf einem der sündhaft teuren Bügel herum.

Das tut sie nur, wenn sie unter Zeitdruck oder enormen Stress steht.

Mina hakt nach: „Für mich? Hör mal, wozu sollte ich denn solche Typen brauchen?"

„Willst du mich auf den Arm nehmen? Denkst du ich weiß nicht, wie viel Überwindung dich die Messe mit all den vielen Menschen kostet. Die Tatsache, dass sich dieses, ... Entschuldigung Schwein, ... noch immer auf freiem Fuß befindet, macht die Sachlage nicht besser", antwortet Fee, doch in ihrer aufgebrachten Art, schwingt auch deutliche Vorsicht bei der Wortwahl mit.

Sofort weiß Mina um wen oder was es Fee in diesem Moment geht.

Vor zwei Jahren, als sie den vierten Teil einer Thriller-Reihe veröffentlicht hatte, bekam sie es urplötzlich mit einem Stalker zu tun.

Mina wurde mitten in der Nacht durch ominöse Anrufe aus dem Schlaf gerissen, nur um sich das schwere Atmen eines Mannes am anderen Ende der Leitung anhören zu müssen.

Dann bekam sie E-Mails, von unterschiedlichen Absendern, in denen detailgenau wie in ihren Büchern beschrieben wurde, was er alles mit ihr machen wollte, wenn er sie in die Finger bekommt.

Mit all diesen Dingen und den Daten der Telefongesellschaft wendete sich Mina zum damaligen Zeitpunkt an die Polizei, doch alle Recherchen führten in ein Altersheim, wo sich verständlicherweise keiner erklären konnte, wer das Telefon, das noch dazu für alle Bewohner frei zugänglich ist, für solch derart absurde Aktionen missbraucht haben könnte.

Selbst das Personal wurde unter die Lupe genommen, doch nach mehreren Wochen gab die Polizei ihr zu verstehen, dass sie den Fall vorerst, wegen mangelnder Beweise, ad acta legen müssen.

Zum Glück wurden die Anrufe weniger und irgendwann bekam sie auch keine Nachricht mehr in ihr Postfach. Dennoch fühlte sie sich unsicher.

Mina vermied es irgendwann sogar gänzlich sich ab einer bestimmten Uhrzeit oder bei Einbruch der Dunkelheit auf den Straßen von Frankfurt aufzuhalten.

Ihre Wohnung sperrt sie grundsätzlich zweimal ab, selbst wenn sie zuhause ist.

Als es sehr schlimm war, schob sie sogar zusätzlich eine Kommode vor die Eingangstüre.

Das hat Mina zum Glück ein Stück weit überwunden, doch das Erste was sie bis zum heutigen Tage macht, ist die Vorhänge zuzuziehen.

Sie redet sich ein, dass sie sich ohne den Blick nach Außen besser auf das Schreiben konzentrieren kann, doch die Wahrheit sieht anders aus.

Es geht ihr viel mehr darum jegliche Einsicht zu ihr nach innen zu verhindern.

„Mina?" Fee holt sie aus ihren Gedanken in das Büro zurück.

„Ähm ..., also ich weiß nicht was ich sagen soll ..., du brauchst dir wegen mir überhaupt ..."

Weiter kommt Mina nicht, denn Fee fuchtelt verneinend mit dem Finger vor ihrem Gesicht herum. „Doch das muss ich! Was wäre ich für eine Verlegerin oder Freundin, wenn mir dein Wohlergehen nicht am Herzen liegen würde? Vor allem zerbrich du dir da mal nicht dein hübsches Köpfchen, sondern es wird allerhöchste Zeit, den Plan für die Messe durchzugehen, findest du nicht?"

Fee erhebt sich. „Kaffee?"

„Ja, sehr gerne", antwortet Mina, die mittlerweile eine gewisse Trockenheit im Mund verspürt.

In der kleinen Küchennische des Büroraumes zieht Fee ihr Smartphone hervor. Es muss eine Lösung her!

Wenn die stadtbekannten Security Firmen so eingeschränkt sind oder keine passablen Mitarbeiter für lächerliche fünf Tage kurzfristig zur Verfügung stellen können, dann muss sie die Sache eben selbst in die Hand nehmen.

Fee öffnet den Browser und lässt sich auf den größten online Stellenmarkt von Frankfurt weiterleiten.

Nach nur wenigen Anmeldedaten kann sie auch schon mit dem gewünschten Text für das Gesuch-Inserat starten.

Fee grübelt, dann tippen ihre Finger:

SECURITY / BODYGUARD ab SOFORT!

Wir von SUNSHINE-BOOKS suchen zur Verstärkung unseres Teams einen qualifizierten, männlichen Mitarbeiter im Bereich Personenschutz.

- Wir bieten pünktliche Bezahlung / pro Tag
- Gefahrenzuschlag
- Unterkunft bei Bedarf

Tätigkeitsschwerpunkt:
Schutz einer bekannten Person über einen befristeten Arbeitszeitraum von fünf Tagen.

Ort der Erfüllung:
Frankfurter Buchmesse / Halle 4 / Stand 12a

Zusatz:
Als Bodyguard/Personenschützer verfügen Sie über sehr gute Deutschkenntnisse in Wort und Schrift sowie erweiterte Grundkenntnisse in Englisch.
Einwandfreier Leumund ist Grundvoraussetzung.
Polizeiliches Führungszeugnis ohne Eintrag.
Sie sind zuverlässig, teamfähig und besitzen Durchsetzungsvermögen? Bringen eine starke Konflikt- und Kommunikationsbereitschaft mit und sind körperlich fit? Worauf warten Sie dann noch?

Kontaktieren Sie uns unter: SUNSHINE-BOOKS.DE

Fredericke Richter, was bist du nur für ein brillantes Luder, denkt sich Fee, als sie den Button zum Absenden betätigt.

In weniger als einer Minute wird die Anzeige online für jedermann sichtbar sein und ab diesem Zeitpunkt heißt es Daumen drücken, abwarten, und Tee trinken.
Oh nein, der Kaffee!
Fee legt das Handy beiseite und ruft: „Ein oder zwei Stück Zucker?"

Zur selben Zeit verlässt Adrian das kleine Straßencafé in der Kurt-Schumacher-Straße.

Dort hatte er den halben Nachmittag mit seinem neuen Jobvermittler verbracht, doch außer um die Erfahrung, dass Herr Bogratz ein Fan von Cookies, Brownies und Kuchen ist, ist Adrian kein Stück in seinem eigentlichen Anliegen weitergekommen.

Selbst der Straßenlärm kann die zuletzt an ihn gerichteten Worte in seinen Gedanken nicht übertönen. „Herr Stein, tut mir leid, aber es scheint, als seien Sie überqualifiziert."

„Überqualifiziert? Das ich nicht lache", schießt es an der Bushaltestelle ungewollt aus Adrian heraus.

Eine ältere Dame wendet sich um. „Junger Mann, Sie müssen schon lauter mit mir sprechen! Ich höre doch so schlecht."

Bemüht seinen Mund zu einem Lächeln zu zwingen, antwortet Adrian: „Ist schon gut. Ich habe Sie gar nicht gemeint."

Die Dame kneift ihre Augen zusammen. „Ihr Hut? Deshalb haben Sie geweint?"

Adrian schüttelt den Kopf. „Nein, ich habe Sie nicht gemeint, als ich vorhin etwas sagte."

Jetzt wird die Oma zornig und schlägt ihm sogar mehrmals die Handtasche rechts und links gegen die Oberarme.

Adrian kann nichts weiter tun, als diese Prozedur über sich ergehen zu lassen, wenn auch unter starkem Protest. „Hören Sie, lassen Sie das! Was ist denn nur mit Ihnen los?"

Dass der Bus in diesem Augenblick vor ihnen zum Stillstand kommt und der Busfahrer aussteigt, um sich zu vergewissern was denn da vor sich geht, ist jetzt Adrians Rettung.

Der bärtige Fahrer schnappt sich die ältere Dame an den Schultern und versucht diese zu beruhigen.

Adrian kann außerdem hören, wie er fragt, ob sie denn auch mitfahren will.

Als Adrian sich bedanken und ebenfalls auf die offenen Türen des Busses zugehen will, hält der Mann ihn mit erhobener Hand davon ab. „Ich denke, Sie nehmen besser den nächsten."

„Wie bitte?" Adrian steht der Mund offen.

Schließlich hatte er Null Komma null getan.

Eine Diskussion wird in diesem Fall allerdings wenig bringen, das Bestätigen ihm jetzt die Worte, die von der älteren Dame als Erklärung an die anderen Fahrgäste im Bus gerichtet werden.

„Dieser Kerl da draußen hat mich gemeint und gesagt, ich wäre eine alte Betagte."

Ein langer Seufzer entfährt Adrians Kehle, wusste er doch jetzt, warum er Prügel auf offener Straße kassiert hatte.

Wozu ein schlechtes Gehör führen kann. Unglaublich!

Wird er eben die paar Straßen laufen, bis er in seiner eineinhalb Zimmer Wohnung angelangt ist.

Gedacht, getan.

Nachdem Adrian eher undefinierbares Fertigessen, das auf der Packung ganz klar als Geschnetzeltes mit Rahmsoße angepriesen wird, auf einen Teller verteilt hatte und darauf wartet, dass die Mikrowelle wie jeden Abend seine persönliche Köchin spielt, muss er wieder an die Unterhaltung mit Herrn Bogratz denken.

Warum findet dieser Kerl keinen Job für ihn?

„Augen auf!", befiehlt plötzlich sein Gehirn und Adrian wird klar, dass er sich der Realität stellen muss.

Herr Bogratz hat viel mehr von den wöchentlichen Treffen in dem Café, als wenn er den erfolgreichen Vermittler mimt.

Mit wem soll er denn dann seine Arbeitszeit verbringen, noch dazu so angenehm zwischen all den Kalorienbomben?

PING! Das Essen ist fertig.

Schwungvoll zieht Adrian die Mikrowelle auf.

Warmer Dampf und der Geruch nach leckerer Sauce strömen ihm entgegen.

Er greift nach dem Teller, flucht laut vor sich hin, da der Rand viel zu heiß ist, und begibt sich damit in Richtung seiner Küchenbar.

Auf dem Hocker sitzend, mit erwartungsvoll knurrendem Magen, kommt Adrian in den Sinn was er vergessen hatte.

Widerwillig schwingt er sich erneut auf seine Füße um sich eine von circa zwanzig Plastikgabeln, die in einem großen Glas auf der Anrichte stecken, zu schnappen.

Richtiges Besteck hatte er noch nie besessen.

Wozu auch? Wenn es das doch jeden Tag in dem kleinen Imbiss unten am Eck massenweise zum Mitnehmen gibt.

Gratis versteht sich.

Während des Essens spielt er auf seinem Smartphone eine Runde Schiffe versenken gegen seinen Freund Pascal.

Er kennt ihn seit Kindertagen und das ist schon immer ihre liebste Beschäftigung gewesen. Zocken!

Nicht nur das. Regelrechtes ausknocken könnte man es nennen. Denn jeder will natürlich der bessere sein.

Als Pascal wegen eines Anrufs mitten im Spiel offline gehen muss, beschließt Adrian Facebook zu checken.

Nichts neues.

Außer einer weiteren Nachricht im Messenger, die er wie die Tage und Wochen zuvor unbeantwortet, ja sogar ungelesen, lassen wird.

Es handelt sich dabei um seine Ex, die er vor zwei Monaten verlassen hatte, da sie mit Pascal hinter seinem Rücken flirtete.

Was sie allerdings dabei nicht bedacht hatte, war die Tatsache, dass richtige Freunde sich so etwas derartig Fieses niemals antun würden.

Es kam, wie es kommen musste.

Pascal wollte Adrian unbedingt beweisen, was für ein loyaler Freund er doch ist und dass alle Versuche von Carmen ausgingen.

Er kam eines Abends zu Adrian nach Hause, tat aber in Carmens Nachrichtenfenster so, als sei er ganz allein.

Adrian konnte kaum glauben, dass seine Freundin, für die er gefühlt alles getan hätte, ... ja, alles, denn er dachte sogar einmal über heiraten nach ..., sich hinter seinem Rücken nahezu ekelerregend an seinen besten Freund heranmachte.

An diesem Abend brach für Adrian eine kleine Welt zusammen und er wollte nie wieder etwas von dieser Person hören.

Geblockt hat er Carmen allerdings bis heute nicht, denn er muss zugeben, dass es ihm durchaus gefällt, wie sie jeden Tag aufs Neue eine Mitteilung an ihn sendet.

Meist beginnen die Sätze mit: „Hör zu, es tut mir ..."

Mehr braucht Adrian für seine Genugtuung nicht zu lesen.

Sie hat Scheiße gebaut und er lässt sie dafür büßen.

Fühlt sich verkehrt und gleichzeitig so gut an.

Man merkt erst was man hatte, wenn es weg ist und das checkt Carmen allmählich.

Adrian weiß zu tausend Prozent, dass er diese Frau nie mehr zurückhaben will, doch er handhabt es wie bei dem Schiffchen-Spiel.

Lokalisieren – Treffen – Versenken!

Der Vorteil zu wissen, dass all ihre Schüsse, seit geraumer Zeit ins Wasser gehen, bringt doppelten Spaß.

Carmen ist es gewohnt, dass sie bekommt was sie will, doch bei ihm wird sie untergehen.

Adrian muss bei diesem Gedanken grinsen, aber es vergeht ihm, als er die nächste Gabel in den Mund steckt. Das Essen ist kalt geworden.

Er schiebt den Teller von sich und zieht sein Handy näher ran.

Das Leben ohne Perspektive macht ihn wahnsinnig, deshalb beschließt er selbst zu handeln. Augen auf!

Adrian hört jetzt seine eigenen monotonen Worte:

„Hey Google … ", das Display wartet auf weitere Spracheingaben, „… neueste Jobangebote Frankfurt."

Seine Augen überfliegen die ersten Überschriften.

Malermeister …, Lehrling gesucht …, Ingenieur Teilzeit …, Security / Bodyguard …, Hausmeister an der Grundschule in der …

Stopp! Sein Finger scrollt zurück.

SECURITY / BODYGUARD ab SOFORT!

Adrian liest aufmerksam Fees Anzeige, die sie vor knapp zwei Stunden inseriert hatte.

Warum eigentlich nicht? Schießt es durch seine Gedanken. Fünf lächerliche Tage auf einer Buchmesse herumsitzen und einer bekannten Person dabei zusehen, wie diese ihre Werke an den Mann oder die Frau bringt. Das Beste, es wird pro Tag abgerechnet und er ist quasi die ganze Zeit beschäftigt.

Was soll´s? Einen Versuch ist es wert.

Adrian klickt auf SUNSHINE-BOOKS.DE.

Im Kontaktbereich findet er ein Fenster, in das man sein Anliegen schreiben kann.

Ihm fällt nichts Besseres ein als:

„Hallo, mein Name ist Adrian und ich melde mich auf Ihre Stellenausschreibung im Internet als Security-Mitarbeiter. LG"

Wow! Der Job ist dir sicher, hallt es ironisch durch seinen Kopf. Als ob die nicht ein paar kleine Eckdaten mehr erwarten als „HALLO, HIER BIN ICH!".

Egal, er hatte bereits den Sendebutton betätigt.

Adrian verlässt das Internet und wartet darauf, dass sich der Sperrbildschirm zu erkennen gibt.

Er reibt sich die Augen und erhebt sich.

Mal sehen, was die Glotze an diesem Abend Schönes zu bieten hat.

Genau in dem Moment, als er die Fernbedienung zur Hand nimmt, meldet sich eine zarte Frauenstimme aus seinem Smartphone hauchend zu Wort: „You got Mail."

Neugierig schlendert Adrian zurück an die Küchenbar.

Sein E-Mail-Postfach leuchtet auf.

Eine neue Nachricht!

„Kommen Sie bitte morgen Mittag um 13h in unser Bürogebäude. Adresse finden Sie auf unserer Homepage. Seien Sie pünktlich und fragen sie an der Pforte nach Frau Richter. Mit besten Grüßen,
Ihr Team von SUNSHINE-BOOKS.

Das ging schnell. Zu schnell, denkt Adrian verdutzt.

Dennoch screenshotted er sich die Adresse und er ist durchaus gewillt zu diesem Termin zu erscheinen.

Pünktlich versteht sich.

COUNTDOWN: Ein Tag vor Messebeginn

Der Wecker klingelt um halb elf, dabei war an Schlaf in dieser Nacht nicht zu denken.

Wie so oft in den vergangenen Wochen verbrachte Adrian die Zeit vor Netflix.

Das führt dazu, dass er zwar hin und wieder die Augen schließt, doch sobald es ruhig wird und er den Text, **„Schauen Sie noch oder möchten Sie die Wiedergabe beenden?"**, verschwommen auf dem Bildschirm wahrnimmt, sofort hellwach auf seinem Sofa sitzt.

In zweieinhalb Stunden ist das Vorstellungsgespräch.

Er muss sich duschen und einigermaßen passable Klamotten zum Anziehen finden.

Seine Wahl fällt auf weißes Shirt, schwarzes lockeres Hemd und die nagelneue Jeans mit den Löchern.

Wohlgemerkt hatte sich Adrian diese nicht zerrissen, sondern in diesem Stil, gekauft.

Der Verkäufer meinte, diesen Look tragen heutzutage alle, die weltoffen sind.

Noch immer grübelt Adrian über diese Worte, denn was hat eine offene Hose bitte schön mit der Welt zu tun?

An dieser Stelle muss er sich jedes Mal eingestehen, dass er sich schlichtweg ein Produkt hatte aufschwatzen lassen. Was Worte, mit einem gewissen Maß an Selbstüberzeugung, alles bewirken können. Erstaunlich!

Obwohl er gut auf das Bewerbungsgespräch vorbereitet ist und auch im Alltag keine nennenswerten Probleme hat sich mit Leuten vernünftig zu unterhalten, ... okay, hörgeschädigte, ältere Damen seit gestern mal ausgeschlossen ... , beschleicht ihn eine gewisse Angst, auf irgendeine gestellte Frage keine passende Antwort zu haben.

Beim Anziehen der Schuhe mahnt er sich gefälligst entspannter in das Vorstellungsgespräch zu gehen, schließlich wird das Ganze kein polizeiliches Verhör.

Unterm Strich braucht dieser Sonnenschein-Verlag ihn und nicht er den Job.

So ein Nonsens, er braucht diese Arbeit ...

Adrian drückt seinen Finger gegen die rechte Schläfe.

Warum hatte er immer solche wirren Gedanken? Warum konnte er nicht mal eine Sache ganz einfach auf sich zukommen lassen? Weil einfach nun mal nicht einfach ist und ...

Schon wieder. Es reicht!

Adrian schnappt sich seine Jacke und verlässt die Wohnung. In weniger als fünf Minuten muss er den Bus in Richtung Stadtzentrum erwischen. Dieses Mal wird er hoffentlich von diesem mitgenommen.

Fee sitzt in ihrem Büro. Sie sieht auf die Uhr. 13.07h!

Wo zum Teufel bleibt dieser Kerl, der es bevorzugte, ihr nichts weiter als einen Vornamen zu nennen?

Noch fünf Minuten, dann wird sie ihm eine E-Mail senden, die sich gewaschen hat.

Nützen wird ihr das nicht viel, das weiß sie, aber es beruhigt ihren Seelenfrieden, wenn sie den Leuten zumindest noch ordentlich die Meinung geigen konnte.

In dem Augenblick, als ihre Finger die Maus bewegen wollen, klopft es zweimal an die Türe.

„Herein!"

Adrian betritt das Büro.

Fee sieht über den Rand ihrer Brille und mustert ihn von oben bis unten.

Zögerlich beginnt er zu sprechen. „Also, mein Name ist ... "

„Sie müssen Adrian sein. Setzen!", unterbricht Fee und sie macht dabei auch keinerlei Anstalten, ihren Zorn über die Unpünktlichkeit ihres Bewerbers zu unterdrücken.

Bin ich hier beim Militär gelandet oder was soll das, fragt sich Adrian und er weiß, dass die beste Reaktion auf solch derartiges Verhalten die wäre, auf dem Absatz kehrt zu machen und das Gebäude auf nimmer Wiedersehen zu verlassen. Doch er setzt sich.

Fee lehnt sich in ihrem Stuhl zurück.

Wenn Augen Pfeile abschießen könnten, denkt Adrian, dann wäre er in diesem Augenblick ein Schweizer Käse.

„Herr...?", beginnt Fee endlich das Gespräch.

„Stein. Adrian Stein", antwortet Adrian und versucht ihr dabei, über den Tisch hinweg, die Hand zu reichen.

Dumme Idee, also zieht er sie vorerst lieber zurück.

Fee richtet sich auf. „Stein? Wie der Fels?"

Eigentlich will Adrian mit: „Von mir aus auch wie Geröll oder Kiesel" kontern, doch er nickt und über seine Lippen kommt ein: „Ja."

„Soweit so gut, Herr Stein. Sie haben unsere Anzeige also gelesen und Interesse daran."

Sonst würde ich hier wohl nicht sitzen, denn ich bin schließlich nicht vorbeigekommen, weil mir das Gebäude zugeflüstert hat: „Komm doch rein".

Adrian stoppt seinen ironischen Gedankenfluss und wieder erhält Fee ein simples: „Ja".

Sie lacht auf und nimmt die Brille ab. „Kann es sein, dass Sie den Film „Der JA-Sager" zu oft gesehen haben? Ich frage nur, denn Jim Carrey erhält nahezu ungeahnte Möglichkeiten, wenn er sich ab einem gewissen Punkt auf alles einlässt. So einfach kann ich es Ihnen leider nicht machen, denn ich muss mich zu hundert Prozent auf meine Leute verlassen können. Verstehen Sie das, Herr Stein?"

Adrian möchte so gerne „Ja" sagen, doch er entscheidet sich blitzschnell für ein langsames und hoffentlich Verständnis entgegenbringendes Nicken.

Fee fährt fort: „Morgen beginnt die Buchmesse und die Person, auf die sie Acht geben sollen, wurde vor zwei Jahren schon einmal von einem Stalker belästigt. Wir möchten gewährleisten, dass solch ein derartiger Vorfall nie wieder passieren kann. Da kommen Sie ins Spiel. Haben Sie Erfahrung im Bereich Personenschutz oder im besten Fall eine Ausbildung darin?"

Jetzt ist der Moment der Wahrheit gekommen, doch da muss er durch, denkt Adrian, als er sich auch schon zu erklären versucht: „Mein Schwerpunkt lag in den vergangenen drei Jahren im Bereich Objektbewachung. Das beinhaltet die Grundausbildung in Konfliktlösung und Selbstverteidigung, ohne den Gebrauch von Schusswaffen. Teamfähigkeit wurde großgeschrieben und ich fühle mich außerdem in der Lage ... "

„Ein Hauswart?" Fee legt die Stirn in Falten.

„Sie wollen mir doch nicht etwa erzählen, dass Sie bis jetzt nur auf Inventar oder Räume aufgepasst haben, oder doch?"

Adrian sucht in seinem Kopf nach Lösungen.

Er hatte durchaus nicht nur auf das Gebäude geachtet, sondern ebenfalls, wenn nicht sogar noch mehr, auf die Personen darin. Da es sich um bekannte Leute aus politischen Bereichen handelte, die im Fokus der Öffentlichkeit stehen, wurden diese Treffen im Geheimen abgehalten.

Er musste zum damaligen Zeitpunkt sogar eine Erklärung unterzeichnen, die ihn bis an sein Lebensende zum Schweigen verpflichtet.

Jetzt denkt diese Frau Richter, dass er ein gewöhnlicher Hausmeister oder ...

„Ein Kaufhausdetektiv vielleicht?", legt Fee ratend nach.

Niveau wir sinken, wie die Schiffe in dem Spiel, komm schon Junge, denk nach.

Adrian räuspert sich. „So kann man es auch sehen, allerdings musste man in meinem Team auch auf die Leute achten, die durch Diebe zum Beispiel in ernsthafte Gefahr geraten konnten."

Fee schmunzelt. „Teamfähigkeit ist gut für die Arbeitsstruktur, bringt aber relativ wenig, wenn Sie auf der Messe mit Einzelarbeit glänzen müssen."

Was will diese Boss-Frau nur von ihm hören? Soweit er informiert ist, braucht sie bis morgen dringend einen Bodyguard und doch lässt sie ihn wo es nur geht auflaufen. Hat sie so viel Auswahl an Bewerbern, dass sie sich ihre spitze Zunge, selbst in der Kürze der noch verbleibenden Zeit, leisten kann?

Eine Nebentüre des Raumes wird geöffnet.

Ein dünner Mann mit aalglatten Haaren und einer Hornbrille auf der Nase kommt schweratmend durch diese hindurch.

Ohne Adrian auch nur die geringste Beachtung zu schenken, steuert er auf den Schreibtisch zu.

„Fee, meine Liebe. Ich werde noch vollkommen verrückt."

Empörung ist in Fees Augen über das ungefragte Hereinspazieren deutlich abzulesen, doch sie grinst.

„Günther. Was gibt es? Wie du sehen kannst, befinde ich mich mitten in einer wichtigen Unterhaltung und ..."

„Ich sehe es ja, aber die Sache mit morgen bringt mich völlig aus dem Gleichgewicht. Was, wenn es schiefgeht, oder die Leute mich nicht akzeptieren? Es ist so eine große Verantwortung."

Günther fächert sich übertrieben viel Luft ins Gesicht. Adrian schwant böses.

Er kombiniert: Frau Richter bleibt höflich, obwohl sie innerlich platzen möchte. Dieser Günther-Typ ist nervös wegen der Messe, da er es schon einmal mit einem Stalker zu tun hatte. Folglich ist sie freundlich, weil sie seine Verlegerin ist und er in diesem netten Verlag die bekannte Person, also Autor, den es die nächsten fünf Tage zu beschützen gilt. Ich glaub mir wird schlecht. Das halte ich nicht aus. Tu was! Lauf weg!

„Ähm ..., ich merke schon, dass ich der Falsche für diesen Job bin. Eindeutig zu wenig Ausbildung und Erfahrung. Günther, ... Frau Richter", Adrian reicht erst dem aufgebrachten Mann die Hand, dann Fee.

Die Geste der Höflichkeit wird dieses Mal zum Glück von ihr erwidert.

Mit offenem Mund beobachtet sie wie ihr Bewerber das Büro verlässt und die Türe hinter sich zuzieht.

„Ich finde den Kerl komisch", stellt Günther schnippisch klar.

Fee sieht ihn kurz von der Seite aus an, dann checkt sie ihr Handy. Das Inserat hat keine weiteren Anfragen erhalten und die Zahl der Aufrufe ist auch nicht nennenswert gestiegen.

„Scheiße", entfährt es ihr zischend.

Günther brüstet sich. „Meine Liebe, welch Ton mitten am Tage."

„Günther tust du mir einen Gefallen, ja?"

„Klar doch. Immer gerne."

Fee ist aufgestanden, um den Schreibtisch gelaufen, hat die Türe aufgerissen und jetzt sieht sie noch einmal zu Günther zurück. „Halt die Klappe!"

Zu Fees Glück kennt sich Adrian in diesem Gebäudekomplex nicht gut aus, denn als sie das Büro verlässt, kommt er ihr aus dem linken Gang entgegen.

„Herr Stein, bitte warten Sie einen Moment."

Na großartig, denkt jener. Da ist die Furie wieder und ich wollte nicht mehr als kurz für kleine Königstiger.

Völlig abgehetzt kommt Fee vor ihm zum Stillstand.

Sie legt die Hände ineinander wie als wolle sie beten.

„Wenn Sie noch interessiert sind, haben Sie den Job."

Bitte? Hatten seine Ohren da gerade eine Zusage vernommen und das obwohl das Bewerbungsgespräch mehr als miserabel abgelaufen ist?

Ein siegreiches Grinsen steht Adrian ungewollt ins Gesicht geschrieben, doch es verschwindet genauso schnell, wie es darin aufgetaucht ist.

Allein der Gedanke auf diesen Kerl von gerade eben aufpassen zu müssen, jagt ihm einen kalten Schauer über den Rücken. Besten Dank!

Oh, und nicht zu vergessen, schon mal im Voraus eine ernstgemeinte Entschuldigung an alle Günthers dieser Welt, dass er sie ab heute, wenn auch unbeabsichtigt, mit etwas Negativen in Verbindung bringen wird.

„Hören Sie Frau Richter, darf ich Ihnen einen ernstgemeinten Rat geben?"

Adrian ist sich nicht sicher, ob er sich diese Rede überhaupt erlauben sollte, doch ihm konnte schließlich überhaupt nichts mehr passieren.

Fee wartet mit großen Augen darauf, was er ihr wohl zu sagen hat.

Adrian holt tief Luft. „Das Beste wäre es, den Kerl nirgendwo hingehen zu lassen, schon gar nicht auf eine Messe. Sagen Sie seinen Auftritt ab und alles ist in Ordnung."

„Herr Stein, Sie denken doch nicht etwa, dass Günther derjenige welche ist, um den es sich bei diesem Job handelt?", fragt Fee mit zusammengekniffenen Brauen.

„Tut es das denn nicht?", stellt Adrian die Gegenfrage.

„Warten Sie bitte hier. Ich bin sofort wieder da."

Fee läuft zurück in ihr Büro und nur Sekunden später kommt sie, mit einer Art Postkarte in ihren Händen, aus diesem wieder heraus. Sie überreicht sie an Adrian.

Ein kurzer Blick reicht, um zu verstehen, dass es sich hierbei um keine Post-, sondern um eine Autogrammkarte handelt. Adrian liest:

Mina Winter
Autorin
Kinder- und Jugendliteratur

Längere Zeit starrt er auf das Foto der jungen Frau.

Fees Worte lassen ihm allerdings keinen Spielraum zum Nachdenken.

Ihre Tonlage hat sich verändert, er würde sogar behaupten, dass sie ein klein wenig verzweifelt wirkt.

„Hören Sie Herr Stein, sie ist nicht nur eine Autorin dieses Hauses ..., sie ist meine Freundin. Ich mache mir ernsthafte Sorgen, dass dieses kranke Schwein es noch mal versuchen könnte. Ich zahle Ihnen auch das doppelte an Stundenlohn, nur bitte übernehmen Sie den Job."

Adrian steckt die Karte in seine Gesäßtasche.

Er sieht Fee lange in die Augen, dann presst er die Lippen zusammen. „Wann genau soll ich morgen in Halle 4, Stand 12a sein?"

Vor lauter Erleichterung stößt Fee einen lauten Seufzer aus. Sie verfällt umgehend wieder in einen anderen Ton und aus ihr spricht nicht mehr die treusorgende Freundin, sondern die Managerin. „Herr Stein, das ist großartig. Ich schicke Ihnen nachher noch eine E-Mail, da wird alles Organisatorische drinstehen. Sie müssten mir bitte Ihren Personalausweis aushändigen, damit ich ihre Daten in den Messepass eintragen kann. Sie haben doch keine Vorstrafen, oder?"

Meinen Ausweis möchte die Gute obendrein haben. Okay, kein Problem, schließlich habe ich nichts zu verbergen.

Was das Thema Vorstrafen angeht ...

„Sie überlegen ziemlich lange, Herr Stein", stellt Fee mit durchdringendem Blick klar.

Adrian holt seinen Geldbeutel hervor, zieht das geforderte Dokument aus dem Sichtfenster heraus und überreicht es Fee.

„Perfekt, denn Sie müssen wissen, ich habe einen Freund bei der Polizei und der könnte das in wenigen Minuten für mich überprüfen."

Obwohl du grinst, höre ich klar und deutlich die unterschwellige Anschuldigung heraus. Du willst alles für deine Freundin tun und doch zweifelst du an deinem einzigen Ass im Ärmel. Allerdings weiß ich, dass du spätestens, wenn ich das Gebäude verlassen habe, meine Identität, bei diesem besagten Cop-Freund, überprüfen lässt. Kein schlechter Zug, denn ich könnte ja auch der Stalker sein, der alle als Beschützer in Sicherheit wiegt. Der Wolf im Schafspelz.

„Frau Richter ... "

„Warum so förmlich? Wir sind ab morgen Kollegen, bitte Adrian, nenn mich Fee."

„Ja, ähm Fee. Dann bis morgen", schließt Adrian die Unterhaltung und begibt sich in Richtung des Hauptausgangs.

Fee tippelt nervös mit den Füßen. „Was ist denn jetzt zwecks Vorstrafen?"

Ohne sich noch einmal umzudrehen ruft Adrian: „Diebstahl mit siebzehn!"

Er hat das Gebäude verlassen.

Fee kehrt an ihren Arbeitsplatz zurück.

Von Günther fehlt jede Spur.

Sie weiß, dass sie ihre Zeit noch bis in den späten Abend hier verbringen wird, denn es galt noch so vieles vorzubereiten.

Mina muss sie auch anrufen, doch sie wird kein Sterbenswörtchen über Adrian verlieren.

Besser sie stellt ihre Freundin morgen vor vollendete Tatsachen. Das sorgt für weniger Drama und vermeidet endlose Diskussionen über das Wieso und Warum.

Wird schon schiefgehen.

BUCHMESSE: Tag 1

Die langersehnte Buchmesse öffnet endlich ihre Pforten.

Ab diesem Mittwoch werden bis einschließlich Sonntag in Frankfurt am Main rund 7500 Aussteller aus über 100 Ländern erwartet.

Fee und ihr geliebter SUNSHINE-BOOKS Verlag sind ganz vorne mit am Start, was bedeutet, dass sie seit heute Morgen um 6.44h an der richtigen Aufmachung des Standes arbeitet.

Die ersten drei Tage werden Fachbesucher und die Presse erwartet, Samstag und Sonntag kommen die Privatpersonen dazu. Ihre Lieblinge, nämlich die Leser.

Alles soll perfekt sein!

Immerhin heißt es volle fünf Tage von morgens bis spät abends durchzuhalten. Dabei spielt die offizielle Besuchszeit von 9.00h bis 17.30h kaum eine Rolle, denn darüber hinaus, hat sie als Ausstellerin mehr als alle Hände voll zu tun.

Sie wird sich auch hin und wieder im Verlag selbst melden müssen, falls Günther das nicht minütlich auf ihr Handy übernimmt.

Seit seinem Auftritt gestern vor Adrian, ist Fee sich nicht mehr zu hundert Prozent sicher, ob es eine gute Idee war, ausgerechnet ihm die Verantwortung im Büro zu überlassen. Na ja, an ein Telefon wird er wohl noch gehen können und eventuell ein paar E-Mails beantworten.

Schlimmer ist die Tatsache, dass Adrian gestern einen Augenblick lang davon ausgegangen ist, dass Günther die auserwählte Person ist, auf die es aufzupassen gilt.

Eigentlich gibt es auf der Messe ein 500qm großes Areal für Kinder- und Jugendmedien.

Begehbare Kataloge, Toy Robotics, eine eigene Stage auf der Lesungen abgehalten werden können und ein Café.

Da Fees Produktpalette aus Genre-Mixen besteht und sie sogar einige Autoren im Ausland unterstützt, die verständlicherweise nicht selbst vor Ort sein können, hatte sie kurzerhand den Plan, Mina Winter samt ihrer Kinder-Fantasy-Reihe, an ihrem Stand zu behalten.

Es waren unzählige Telefonate nötig.

Flyer mussten an die Kunden verschickt werden, damit sie mit ihren Kindern auch wirklich an den richtigen Stand kommen, um die geplanten Lesungen nicht zu verpassen.

Wie gut, dass einige aus Fees Bekanntenkreis sich in der Medienbranche tummeln. So kann sie gewährleisten, dass Mina nie langweilig wird, denn auch die meisten dieser Menschen sind neben ihrem Job hauptberuflich Eltern.

Manchmal erschrickt Frederike Richter selbst vor ihrem Einfallsreichtum, was schnelle Lösungen anbelangt.

Sie lebt nach dem Grundsatz: „Wer seine Termine nicht rechtzeitig vereinbart, dem verteilt das Leben schlechte Karten."

Ihre Augen fallen auf den genau gegenüberliegenden Gemeinschaftsstand, in den sich gleich vier andere Verlage eingenistet haben.

Plötzlich erhebt jemand wedelnd die Hand.

Fee kneift die Augen zusammen, doch da kommt die winkende Person auch schon näher auf sie zu.

Oh, nein es ist Anne Maurer, Chefin von ROSENLITERATUR.

Gleiche Position wie Fee und somit geschätzte Kollegin.

Gezwungenermaßen geduldet, trifft den Nagel eher auf den Kopf ..., denkt Fee, als sie auch schon die piepsenden und überschwänglich freundlichen Worte von Anne in ihren Ohren erklingen hört: „Frederike! Ist das nicht schön wieder auf der Messe zu sein? Also mir macht das einen riesengroßen Spaß und der Stress kann mich die nächsten Tage auch nicht schocken. Ich hatte genug Yoga-Stunden, um das hier mit Bravour durchzuhalten. Du siehst ein wenig abgespannt aus, hattest du denn noch gar keinen Urlaub? Was macht Ferdi und wo steckt er?"

Am liebsten würde Fee der lieben Anne den Hals an Ort und Stelle umdrehen.

Diese Schlange wusste doch ganz genau, dass Fee sich so gut wie nie eine Auszeit vom Verlagsgeschehen nimmt und die Sache mit ihrem Freund Ferdinand ist schon seit einem halben Jahr passé. In Wunden willst du also stochern, liebe Anne? Challenge accepted!

Fee zwingt sich breit zu grinsen. „Anne! Du meine Güte, ich war so beschäftigt, dass mir euer Stand noch gar nicht ins Auge gefallen ist."

Erster Punkt, denn anhand von Annes Gesichtsausdruck wird sie sich gleich darüber Gedanken machen, ob die Aufmachung zu wenig Aufmerksamkeit auf sich zieht.

„Du weißt doch, dass ich eine richtige Workaholic bin, da passt kein Mann in mein Leben. Wie sagt man so schön? Willst du, dass etwas richtig gemacht wird, dann mach es selbst. Oder war das, selbst ist die Frau? Ich weiß nicht, tut auch nicht viel zur Sache. Aber sag mal Anne, apropos selbst? Ist es wahr, dass dein Mann sich neuerdings auf einem Selbstfindungstrip befindet? Es stand in seinem Status auf Facebook und ich ..."

Tiefschlag!

Anne wird das unangenehm. Sie wedelt wild mit den Händen. „Ähm ..., also Fee, ich muss zu meinem Stand. Da ist gerade meine beste Autorin eingetroffen und ich ..., ich denke wir sehen uns noch öfter und haben da bestimmt noch genug Zeit zum Quatschen. Bye."

Technischer K.O.! Weg ist sie.

Fee lacht in sich hinein, denn so kann es gehen, wenn man selbst die Leute auf übelste Art und Weise aushorcht und einen für minderwertig fühlen lässt.

Plötzlich konnte Anne sogar ihren Kurznamen aussprechen und nicht wie sonst die ungeliebte Langform Fredericke.

Fee sieht sich um. Wo stecken Katrin und Tom?

Ihre beiden Designer, die ihr gleichzeitig in allen Bereichen des Standes zur Hand gehen, sind nirgendwo zu finden.

„Notiere: Spanne nie ein frisch verliebtes Paar in wichtige Organisationen ein, das kann nicht gutgehen, da ihre Köpfe und Körper mit Glückshormonen vollgepumpt sind", nuschelt Fee verärgert vor sich hin, während sie ihr Smartphone zur Hand nimmt.

Was sagt die Uhrzeit? 7.45h.

In einer Viertelstunde sollen Mina und Adrian hier eintreffen. Ihre Ausweise erhalten sie am Eingang unter Nennung des Namens und des Verlages. Das hatte Fee in einer E-Mail und am Telefon deutlich erklärt.

Um Punkt neun beginnt dann offiziell der ganze Zauber.

Als Mina auf der Messe in Frankfurt ankommt, braucht sie eine Weile, um sich zu orientieren, denn die langen Flure gleichen eher einem abstrakten Flughafengebäude.

In den kommenden Tagen werden hier tausende von Menschen durch die Gänge strömen und eilig von einem Stand zum nächsten huschen.

In Fees Büro bekam Mina ein Telefonat mit und die Worte ihrer Verlegerin gehen ihr seither nicht aus dem Kopf.

„Auf der Messe wird verhandelt! Gebummelt, wie beim Shopping in der City, wird hier nicht!"

Schade eigentlich, denn sie möchte nicht mehr, als dass die Leute sich einen Moment lang die Zeit nehmen und sich mit Augen, Sinnen und Ohren ihrem Buch widmen.

Nun ja, zumindest die Kinder werden es tun und Mina kann es kaum erwarten in ihre kleinen strahlenden Augen zu blicken, wenn sie ihnen aus dem Reich der Fantasie vorliest.

Überhaupt sind diese kleinen Wesen, dieser oftmals verkehrten Welt, die einzigen, die noch imstande sind alles um sie herum auszublenden und ihrem Kopf den nötigen Freiraum für eigene Anschauungen und Interpretationen zu lassen.

Dass unsere Welt wirklich verkehrt sein kann und einige, wohlgemerkt erwachsene Leser, völlig falsch den ihnen gebotenen Lesestoff aufnehmen, das hatte der Vorfall mit dem Stalker eindeutig bewiesen.

Mina will jetzt nicht länger über Vergangenes grübeln.

Sie hält ihr Handy in der Hand falls es notwendig wird Fee anzurufen und jene zu bitten, sie wie ein persönliches Navi, durch die Gänge zu lotsen.

Adrian hingegen ist bereits an Stand Nummer 12a eingetroffen. Zwar kam er gute fünf Minuten nach Mina am Eingang an, doch er ist einer schlauen Männertaktik gefolgt, um ja niemanden nach dem Weg fragen zu müssen.

Am Abend zuvor hatte er die E-Mail von Fee gelesen und sich kurz danach einen Messeplan in 3D auf sein Smartphone geladen. Mehr brauchte es nicht.

„Herr Stein, ich meine Adrian, wie schön. Dieses Mal sogar pünktlich wie die Maurer. Mina sollte eigentlich auch jeden Moment hier sein", begrüßt Fee.

Adrian bemerkt ihren aufgeregten Tonfall.

Liegt es an ihrem zweiten Satz, dass Mina gleich auf ihn treffen wird, oder generell am Messetrubel?

„Hallo Fee, ja es war nicht schwer euch zu finden."

Eine weitere Frauenstimme ertönt neben Adrian: „Oh mein Gott! Fee, was bin ich froh dich zu sehen! Ich dachte schon, ich finde euch niemals."

Fee sieht zu Mina, die sich direkt neben Adrian gestellt hat. Es folgt eine freudige Umarmung.

„Süße, du hättest mich doch jederzeit anrufen können. Dann wären Katrin, Tom oder ich selbst sofort los geeilt, um dich einzufangen."

Fee löst sich sanft aus der Umarmung und deutet mit dem Finger auf Adrian. „Oder unser Herr Stein hier. Darf ich vorstellen? Mina, das ist unser neuer Helfer für die Zeit auf der Messe."

Mina sieht zu Adrian auf und jener bemerkt, dass er seine Gesichtszüge nicht mehr sonderlich gut unter Kontrolle hat. Was soll sie von ihm denken?

Das kommt davon, wenn eine Seite des Gehirns dir den Impuls gibt, sich ganz normal und wie es der Anstand erfordert, vorzustellen. Die Hand zu reichen und eventuell, da man sich in derselben Altersklasse befindet, das Du anzubieten.

Die andere Seite deines Gehirns dir urplötzlich einen Strich durch die Rechnung macht, da dir unentwegt zugeflüstert wird: „Sie ist in Real Life noch viel schöner als auf dem Foto, dass du dir selbst vor dem Schlafengehen noch einmal angesehen hast. Du hast dir eingeredet, dass muss so sein, da man die Person, auf die man aufpasst, bis ins Detail kennen sollte. Doch du wusstest selbst was für einen Bullshit du da von dir gibst. Es ist viel einfacher gestrickt! Quasi ist er in diesem Fall sogar unschuldig. Schuld hat hier höchstens Mutter Natur, die es so eingerichtet hat, dass auch wenn er aus eigenem Antrieb Personenschützer wurde, Adrian unterm Strich nur ein männliches Wesen ist.

Einfach, ist aber nicht einfach und ...

Adrian streckt die Hand aus. „Hallo Frau Winter, ich bin Adrian."

Gut gemacht! Endlich eine Handlung. Eine gute obendrein. Du hast es geschafft dich vorzustellen, die Autorin mit gebührendem Respekt beim Nachnamen genannt und ihr gleichzeitig deine Bereitschaft zum Du angeboten.

Minas Hand findet die Seine. „Hallo Adrian. Schön dich kennenzulernen. Ich bin Mina."

Darauf mit, „Ich weiß", zu antworten, würde seinen vorherigen Schachzug mindern, deshalb lautet die Devise Mund halten und lieber still und heimlich in sich hinein lächeln.

Tausend Gedanken schießen auch Mina durch den Kopf.

Warum hatte Fee ihr gestern am Telefon nicht mitgeteilt, dass sie noch jemanden am Stand erwarten. Wenn sie neue Leute ins Boot holt, ließ sie das meist das gesamte Team wissen, damit man die Neulinge auch gebührend willkommen heißen konnte.

Es sei denn, es handelt sich bei diesem Adrian um eine neue Flamme, die sie vorerst noch vor sich hin zündeln lässt, ehe sie sich entscheidet, ihn aller Welt als den Mann an ihrer Seite preiszugeben.

Den Fehler Ferdi wird sie kein zweites Mal begehen und dieser Schwachkopf wäre sogar um ein Haar Mitinhaber von SUNSHINE-BOOKS geworden. Sein Interesse galt von Anfang an mehr dem Geld hinter Fee als ihrer Person.

Noch einmal sieht Mina verstohlen zu Adrian.

Da hat Fee, zumindest vom Aussehen, endlich mal einen richtig geilen ... bist du still!

Mina schüttelt den Kopf, um weitere Gedanken in solch eine derartige Richtung auf der Stelle zu unterbinden.

Zu ihrem Glück vernimmt sie jetzt Fees Stimme: „Da wir komplett sind und alle sich kennen, würde ich sagen, dass es höchste Zeit wird sich auf das Bevorstehende zu konzentrieren. In einer halben Stunde heißt es: Vorhang auf! Dann will ich nur noch lächelnde Gesichter sehen. Wir sind schließlich bei SUNSHINE-BOOKS und nicht bei Drei-Tage-Regenwetter. Adrian, da vorne kommt Tom. Er wird dir alles rund um den Stand zeigen. Mina, du kommst mit mir. Wir kümmern uns um Kaffeenachschub."

In einer Ecknische des Standes steht ein Kaffeevollautomat. Daneben Milch, Zucker, Süßstoff, Gebäck und sogar Donuts für den kleinen Hunger zwischendurch.

Träger mit Getränken wurden direkt darunter platziert.

Fee missfällt, dass der Automat seine Dienste nicht wie erhofft erfüllt. Irgendetwas scheint verstopft zu sein, da das erhitzte Wasser nur sehr langsam, beinahe tropfenweise, aus diesem herauslaufen kann.

Sie flucht: „Wenn die Tage alles so läuft wie das Ding hier, dann können wir auch gleich wieder einpacken."

Mina schnappt sich ein Gebäckstück, wohl eher ein zerbröseltes Stückchen, was mal einen Butterkeks darstellen sollte, ehe es auf seinem industriellen Weg, an irgendeiner Stelle auseinandergebrochen wurde. „Nonsens, du wirst sehen, das wird großartig", bekommt sie zwischen ihren zwangsweise geschlossen gehaltenen Lippen hervor.

Fee lächelt beim Anblick ihrer Autorin. „Ab fünfzig Gramm wird es undeutlich, aber du hast ja recht. Immer positiv denken. Was hältst du im Übrigen von Adrian?"

Mina muss schwer schlucken.

Hatte sie die Frage irritiert oder lag es tatsächlich an der Trockenheit der Brösel in ihrem Mund?

Sie versucht mit viel Speichel nachzuhelfen, damit sie antworten kann. „Er scheint nett zu sein."

„Nett?" fragt Fee, die erneut den Tank der Maschine mit Wasser befüllt. „Mehr fällt dir zu ihm nicht ein?"

Mina versucht Krümel von ihren Händen zu wischen.

Hatte sie also ins Schwarze getroffen, was ihr Denken vorhin über einen möglichen neuen Lover anging. Was will Fee jetzt von ihr hören? Bestätigung und Neid von einer Freundin, da ihre Wahl dieses Mal der Hammer ist?

Oder erwartet sie, dass Mina ihr bestätigt, dass sie sich für sie freut, dieser Kerl aber nicht einmal im Ansatz in der Lage wäre sie selbst zu beeindrucken?

Zweites wäre allerdings eine Lüge und das tut man ...

Bevor sie weiter grübeln kann, hört Mina ihre Antwort:

„Was sollte mir zu ihm einfallen? Ich kenne ihn nicht und wie du weißt, hat nur eine Sache in meinem Leben die volle Aufmerksamkeit."

Mit der Handfläche schlägt Fee seitlich gegen die Maschine. Wie durch ein Wunder beginnt das Wasser zu laufen. „Geht doch. Manchmal muss man eben Gewalt anwenden."

Fee rückt die zwei bereitgestellten Tassen darunter gerade, dann sieht sie über ihre Brille auf Mina. „Deine Bücher. Ist es das? Ja, die haben deine volle Aufmerksamkeit, aber heiraten wirst du keines davon können, findest du nicht auch?"

Oh nein, nicht diese Tour, denkt Mina und verdreht ein klein wenig die Augen. Nur weil Fee wieder einen Mann am Start hat, muss sie ihr doch nicht gleich Vorträge halten, was man nicht alles aus seinem trostlosen Dasein machen sollte.

Ärger oder eine Debatte will Mina unbedingt so kurz vor dem ersten Messetag vermeiden, deshalb antwortet sie betont locker: „Da hast du recht. Vielleicht schreibe ich mir bei passender Gelegenheit den perfekten Mann."

Beide Frauen lachen.

„Ihr habt einen Spaß. Wo ist eigentlich unser neuer Security?", fragt plötzlich Katrin, die sich ebenfalls eine Tasse Kaffee abholen möchte, bevor es losgeht. „Ich habe ihn noch gar nicht zu Gesicht bekommen."

Fee wünscht sich in diesem Augenblick, dass sie Katrin heute Morgen nicht so voreilig von Adrians Erscheinen erzählt hätte. Da haben wir den Salat.

Sie räuspert sich. „Katrin, du solltest dich lieber darauf konzentrieren nicht bei jeder Gelegenheit mit Tom an irgendein stilles Örtchen zu verschwinden. Wir haben hier wichtige Aufgaben zu erfüllen."

„Ist ja schon gut. Das weiß ich", lautet die prompte, doch leicht schnippische Antwort der Praktikantin.

Mina steht der Mund offen. Hatte Katrin Security gesagt? Sie hatte Fee doch erklärt, dass derartiges nicht notwendig ist.

„Mina, guck bitte nicht so. Es ist nur zu deinem Besten. Vielleicht tust du einfach so, als wäre er gar nicht da oder irgendeiner von vielen Messebesuchern, okay?", will Fee die Situation erleichtern.

So tun, als wäre er ein Gast? Ein Leser? Ein Kunde? Wie stellt Fee sich das denn bitte schön vor? Bestimmt hatte sie ihn kennengelernt und jetzt will er sich der Chefin beweisen, was für ein toller Beschützer er doch sein kann. Auf Minas Kosten versteht sich, denn sie fühlt sich in ihrer Rolle als armes, hilfloses Lämmchen alles andere als wohl. Das kann heiter werden.

Mina überlegt zu protestieren, doch Tom ist mit Adrian im Schlepptau bereits zu ihnen gestoßen.

Will sie ihm tatsächlich seinen neuen Job, für den er zu diesem Zeitpunkt auch nicht viel kann, madig reden?

„So, alles abgecheckt. Adrian ist voll im Bilde", witzelt Tom, während er Katrin einen flüchtigen Kuss auf die Wange drückt.

Wieder sieht Fee auf die Uhr. Nur noch zehn Minuten dann manövrieren sich Menschentrauben abenteuerlustig durch die langen Gänge der Aussteller.

Dann heißt es: Termine, Termine, Termine!

Wenige Stunden später sitzt Adrian mit vor der Brust verschränkten Armen auf einem der, eigentlich für Standbesucher, bereitgestellten Klappstühle.

Er streckt die Beine von sich, denn er hätte nicht gedacht, dass es doch so entspannt für ihn ablaufen wird.

Statt auf alles und jeden zu achten, könnte er genauso gut ein Nickerchen in dieser Zeit abhalten. Es würde keinen Unterschied machen.

Mina hatte vor zehn Minuten ihre erste Lesung, mit sieben Kindern von Journalisten, erfolgreich hinter sich gebracht. Es war nett anzusehen, wie sie alle ihren Worten folgten, so als säßen sie in der Schule brav auf ihren Plätzen.

Nur um einiges angenehmer, dachte Adrian bei sich, denn Mina wäre eine echt liebenswerte Lehrerin. Nicht so ein Drachen wie er ihn selbst in seiner Grundschulzeit, in Frau Strobl, gesehen hatte.

Noch dazu lauschen Kinder gerne fantastischen Geschichten über Elfen, Riesen und Feen.

Adrian fällt außerdem auf, dass selbst er die ersten drei Kapitel aus dem Buch nun intus hatte.

Vielleicht liegt es aber auch nur an Minas Stimme, die in ihrer ruhigen, betonten Art einen regelrecht in ihren Bann zieht. Ach ja. So eine Messe die ist schön.

Adrian lockert seine Arme.

Er kann Fee sehen, wie sie mit den verschiedensten Leuten spricht. Für einen längeren Plausch hat sie jedoch kaum Zeit, denn nach wenig gewechselten Worten steht auch schon wieder der nächste Journalist oder die nächste Medienfrau parat um irgendeine Frage zu Verlag, Bücher und den Autoren zu stellen.

Katrin unterhält sich mit einer Freundin, die den Stand besucht. Ihr Gesicht errötet, folglich geht es in dieser Unterhaltung mit hoher Wahrscheinlichkeit um den charmant witzigen, ach so lebensbejahenden und in jeder Situation möglichst cool bleibenden, Tom.

Bei der Führung rund um den Stand, konnte Adrian sich zumindest ein Vorabbild von diesem Kerl machen.

Ein wenig Vorlaut, aber ansonsten völlig harmlos.

Apropos wo steckt der?

Als Adrian sich diese Frage stellt schweift sein Blick an die Stelle zurück, an der er Mina zuletzt stehen sah.

Seine Augen erspähen sie nur wenige Meter weiter, quasi dicht an der Grenze des Verlagsstandes.

Wenn sie jetzt auch nur einen Schritt nach vorne macht, dann wird sie in der Menschenmasse ...

Adrian springt auf!

Sein Stuhl kippt bei dieser Aktion nach hinten um.

Von Mina fehlt weit und breit jede Spur.

Adrian ist versucht stehen zu bleiben und abzuwarten, ob das Fräulein Mina nicht von allein wiederauftaucht. Verschwinden, im Stil von Copperfield, konnte sie schließlich auch.

Nichts da! Schiebe deinen Trotz zur Seite, denn ihr Schutz ist dein Job, mahnt sich Adrian und er fühlt wie sich seine Beine in Bewegung setzen.

Der Menschenauflauf ist um diese Zeit groß und die Reporter, die sich um den ROSENLITERATUR Verlag drängen, stellen bereits die erste Hürde dar. Viele Handys werden griffbereit zum Fotografieren, neben gewöhnlichen Kameras, in die Luft gehalten.

Es muss sich jemand besonderes dort aufhalten. Adrian will nicht mehr als die Paparazzi-Meute so schnell wie möglich passieren, doch sein Ellenbogen stößt dabei an einen Stapel Bücher, der etwas wackelig auf einem der Tische aufgebaut wurde.

Die Autorin dahinter schreit auf, als ihr die Exemplare auf den Schoß fallen. Nicht alle, aber genug.

Blitzlichtgewitter erstrahlt.

Das werden wundervolle Bilder und eine Überschrift in den Buchportalen, die neugierig macht: „Autorin von eigenen Werken erschlagen!", schießt es Adrian durch den Kopf, doch für eine Entschuldigung bleibt ihm keine Zeit.

Alles ist unübersichtlich in dem langen Gang.

Einige Damen, die weit Ü40 sind, drängeln sich schroff an ihm vorbei.

Ihr Kichern und das aufgescheuchte Verhalten zeugen allerdings davon, dass sie in die Zahnspangen-Fraktion zurück katapultiert wurden.

Bestimmt ist ihr einziges Ziel der Lieblingsautor, um ihm persönlich gegenüberstehen zu können, zu grinsen, die Hand zu schütteln und selbstverständlich als Höhepunkt ein breit grinsendes Körper-an-Körper-Selfie zu ergattern.

Mein Mitleid hat der arme Mann schon jetzt, denkt Adrian kopfschüttelnd.

Sein eigener Körper kann sich momentan den Luxus mit Damen Selfies nicht leisten, nein, der zwängt sich immer weiter durch den gefühlt enger werdenden Menschenfluss.

Als es kaum noch vorangeht, stellt sich Adrian auf die Zehenspitzen.

So schnell konnte Mina doch nicht vorangekommen sein, oder doch? Nun ja, sie ist kleiner, somit wendiger ...

Mann, rede dir keinen Stuss ein, sondern finde sie!

Bereits im nächsten Augenblick rennt ein völlig desorientierter Teenager mit Baseballkappe, der nichts zu tun hat, außer auf einen Block zu starren, Adrian voll gegen den Bauch- und Brustbereich.

Er sieht auf und seine Augen leuchten. „Sind Sie nicht der Autor von *Verschollen im Bermuda Dreieck*, der Neuauflage, wo in Kürze auch der Spielfilm erscheint?"

Klar ..., ich bin froh, wenn ich drei Wörter ohne Autokorrektur auf dem Handy tippen kann, schießt es Adrian durch den Kopf, doch der junge Mann hält ihm bereits den Block und einen abgekauten Stift unter die Nase.

„Bitte unterschreiben Sie genau hier unten. Ich klebe dann zuhause ein Bild von ihrem Autorenprofil auf diese Seite."

Echt jetzt? Vielleicht sollte ich dir einfach sagen, dass ich nicht der bin, für den du mich hältst, aber das hält mich auf und ... Ach, was soll´s!

„Hier unten?", fragt Adrian und setzt ein Lächeln auf.

„Ja", kommt es fast sabbernd aus dem Mund das Jungen.

Kaum lesbar kritzelt Adrian seinen Namen auf das Blankopapier. Den Stift gibt er umgehend zurück.

„Schönen Tag noch und nicht verschollen gehen", setzt er nach. Lustige Anspielung auf den Buchtitel und so passend, oder nicht?

Jetzt bloß schnell weiter!

Adrian erreicht eine Glastüre, die er unter vorzeigen seines Ausweises ohne Probleme durchqueren kann.

Er befindet sich auf dem Außengelände.

Sein Blick schweift über die Menschen und irgendetwas in seinem Inneren befiehlt ihm wieder nach drinnen zu gehen. Was sollte Mina auch hier draußen wollen?

Eine qualmen vielleicht? Was voraussetzt, dass sie Raucherin ist. Oder Frischluft schnappen und sich die Beine vertreten?

Adrian versucht sich ein Bild von seinem verzwickten Umfeld zu machen.

Dann betritt er wieder die Halle.

Am liebsten würde er an den Stand zurückkehren und Fee erklären, dass er so nicht arbeiten kann, seine Sachen nehmen und verschwinden. Dann kann Mina selbst ...

„Frau Winter, wie schön Sie hier auf der Messe zu treffen. Wann erscheint denn der fünfte Teil ihrer Thriller-Reihe, oder sind Sie etwa genau deswegen vertreten?"

Die Stimme, die Adrian vernimmt, muss sich unweit von seinem Standpunkt befinden, denn es wird nicht zu laut, sondern in ganz normalem Tonfall gesprochen.

Meist schreien die Leute über mehrere Stände hinweg und dann hat es den Anschein, als wenn man sich mitten auf einem Fußballplatz befindet.

Viel Vergnügen mit der Heiserkeit am nächsten Morgen.

Adrian seufzt, als seine Augen Mina am allgemeinen Imbiss-Stand erfassen. Natürlich! Essen. Was sonst?

Zielstrebig steuert er auf sie zu, umklammert ihren Oberarm und zieht Mina mit diesem Unterfangen nicht nur von ihrer Unterhaltung weg, sondern sogar aus der Warteschlange heraus.

„Hey! Moment mal. Was soll das?"

Adrian positioniert sie vor sich. „Das sollte ich eigentlich dich fragen, findest du nicht?"

Mina entzieht ihm ihren Arm. „Weißt du wie lange ich schon angestanden habe?"

Adrian stößt einen empörten Laut aus. „Weißt du wie lange ich dich gesucht habe?"

„Worauf willst du hinaus? Ich bin kein kleines Kind", antwortet sie rasch, doch es schwingt Unsicherheit mit.

„Kommt ganz auf dich und dein Verhalten an", stellt Adrian klar.

„Auf mich?", fragt Mina kühl und ihre Laune wird deutlich schlechter. „Hör mal, nur weil Fee dich darum gebeten hat, den Aufpasser für mich zu spielen, musst du deine Rolle nicht so bitterernst nehmen."

„Hallo? Egal wer mich eingestellt hat, es ist mein Job. Verstehst du das?"

In Adrians Stimme liegt eine gewisse Schärfe, was Mina dazu veranlasst einen Schritt zurückzuweichen und verloren durch die Gegend zu schauen.

Sie weiß, dass er recht hat, doch sie will ihm nicht länger in die Augen sehen müssen.

Obwohl er verärgert ist, strahlen sie so viel Wärme, Tiefblick und Schutz ... Lass es! Vor dir steht die neueste Errungenschaft deiner Verlegerin und Freundin.

Die Ironie dabei ist nur, dass er dir hinterherläuft wie ein kleines Hündchen, denn er ist dein Bodyguard und nicht Fees. Welch Ironie!

Mina schließt ihre Gedankengänge, denn Adrian hat wieder das Wort ergriffen: „Gut. Ich sehe wir sind uns in diesem Punkt einig, dann können wir ...''

„Und wenn nicht?", unterbricht sie ihn.

Hatte sie das mehr als provozierend gefragt? Was ist nur mit ihr los? Will sie einen Streit am ersten Tag heraufbeschwören, oder wie darf er das verstehen? Bitte, wie Madame beliebt.

Adrian erhebt beide Arme in die Luft. „Dann vergessen wir das Ganze. Ich gehe zurück zum Stand, erkläre Fee, dass es keinen Sinn macht, da du es nicht willst, schnappe meine Sachen und bin weg. Ganz easy. Allerdings scheinst du deiner Freundin wichtig zu sein, sonst hätte sie mich wahrscheinlich nicht eingestellt."

Versucht er mir ein schlechtes Gewissen einzupflanzen oder was soll das werden, denkt Mina und weiß im selben Moment, dass es ihm gelungen ist. Klasse, wirklich alle Achtung Herr Stein.

„Okay, es tut mir leid", säuselt Mina und grinst.

Obwohl Adrian sich für einen Augenblick bei ihrer Aussage siegessicher ist, wird er stutzig.

Er hat gewonnen und doch gefällt ihm dieses Grinsen auf ihrem sonst so makellos schönen Gesicht nicht.

Zeit für eine Probe, ob Mina es auch wirklich so meinte wie sie es aussprach. „Schon in Ordnung. Aber würde es dir etwas ausmachen, mir deine Handynummer zu geben? Ich meine, nur für den Fall, dass man sich erneut aus den Augen verliert. Macht vieles bestimmt einfacher."

Adrian schließt kurz die Augen. Was wird sie antworten?

Wieder hat er das Wort „einfach" verwendet.

Er sollte es ein für alle Mal aus seinem Wortschatz verbannen, weil einfach nun mal ...

„Ja, klar. Bekomme ich dein Handy, um sie einzutippen? Du kannst mich dann anklingeln lassen".

... einfach ist! Wer hätte das gedacht?

Adrian zieht sein Smartphone aus der Gesäßtasche, entsperrt das Display und überreicht es an Mina.

Als er es zurückbekommt, liegt es nur noch an ihm die Nummer zu speichern.

Seine Finger werden zittrig. Warum? Jetzt bloß nichts anmerken lassen. Okay, Mina sieht es nicht. Sie ist damit beschäftigt ihr eigenes Handy hervorzuholen und gleich erwartet sie selbstverständlich seinen Anruf, wenn auch nur angedeutet.

Was? Adrians Augen sehen auf den Bildschirm.

Kontakt hinzufügen ist richtig, doch was hat er für einen Namen eingetippt? Tina Winter.

Verflucht seist du, Autokorrektur!

Dann eben noch mal neu.

Wieso dauert das so lange? Muss er erst Nachrichten checken oder warum tippelt er so lange auf seinem Display herum? Fee wird ihm doch nicht ständig ...

Das Handy in Minas Hand klingelt.

Es ist ein Song aus den Achtzigern, dessen Titel und Interpreten Adrian beim bloßen Anspielen leider nicht zuordnen kann.

Weggedrückt!

So stellt man sich gewiss in seinen schönsten Träumen den ersten Anruf bei einer Frau vor, aber es dient schließlich nur als Mittel zum Zweck.

Adrian deutet auf den überfüllten Gang. „Können wir an den Stand zurück, oder möchtest du dich noch einmal anstellen. Die Schlange ist riesig geworden, aber wenn du magst ..."

„Nein, schon gut", unterbricht Mina, obwohl sie ein leichtes Hungergefühl in der Magengegend verspürt.

Auf die trockenen Kekse hat sie keine Lust mehr.

„Zurück kann ich allerdings noch nicht."

„Wieso das denn nicht?", fragt Adrian verdutzt.

„Ganz einfach ... ", setzt Mina zum Erklären an.

Da ist das Wort schon wieder, denkt Adrian.

Gibt es eine geheime Organisation von Aliens, die ihm dieses Wort als ständigen Wegbegleiter in sein Hirn gepflanzt hatten und es dann mit purer Absicht umständlich für ihn gestalteten.

Erst mal hören.

„... ich muss vorher noch auf die Toilette."

Frauen! Natürlich. Erst rumlaufen und dann Pipi müssen.

Mina legt den Kopf schief. Hatte sie etwas Falsches gesagt oder warum zeigt Adrian keinerlei Reaktion.

So abwegig ist das doch nicht. Ist ein menschliches ...

Adrian sieht sich um. „Und wo sind die Toiletten?"

„Um die nächste Ecke auf der linken Seite", gibt Mina zu verstehen.

Jetzt bemerkt Adrian, dass er bereits vor Erreichen der angegebenen Örtlichkeiten, seine Hose heruntergelassen hatte.

Wie konnte er nur seinen heiligen Schwur brechen niemals jemanden nach dem Weg zu fragen? Noch dazu bei Mina in Zusammenhang mit ... Vergiss es! Spare dir an dieser Stelle das Wort: einfach!

Aus einiger Entfernung können Adrian und Mina eine Ansammlung von Frauen und Mädchen sehen, deren Interesse scheinbar einer einzigen Türe gilt.

Nämlich dem Ladys Room.

Wenn hier auf dem Messegelände also noch etwas bei den weiblichen Wesen so begehrt ist wie die Autoren und die vielen Bücher, dann ist es eindeutig dieser Raum.

Adrians nächster Gedanke ist absurd, denn er überlegt doch tatsächlich, ob er mit Mina hineingehen soll.

Er entscheidet sich dagegen und lehnt sich stattdessen neben der Türe lässig an die Wand. „Ich warte hier."

„Sehr gut", lächelt Mina.

Sie verschwindet in exakt dem Moment, als eine andere Frau den Raum verlässt.

Vor den Kabinen muss Mina abwarten, ehe die vierte von insgesamt sieben Kabinen frei wird.

Nachdem sie ihre Blase erleichtert hat greift sie nach der Verriegelung, um sich ans Waschbecken begeben zu können.

Klick! Was soll das? **Klick! Klick! Klick!**

Oh, nein! Das Schloss klemmt.

Panisch stemmt sich Mina dagegen, denn sie ist schon immer leicht klaustrophobisch veranlagt.

Sie hört die Frauen reden oder lachen, hier und da eine Klospülung, Wasser aus den Hähnen rauschen, doch keine scheint auf ihre Kabine zu achten.

Verdammt noch mal! Soll sie sich jetzt peinlich machen und laut losschreien? Kommt gar nicht in die Tüte.

Mina zieht ihr Handy aus der Hosentasche.

Erster Name, der ihr ins Auge sticht, ist Fee, doch wird sie den Stand verlassen können? Es klingelt. Mailbox.

Nächster Name und Helferin vor Ort ist Katrin.

Es klingelt. Annahme. „Hallo, Mina?"

Mina flüstert: „Hallo, könntest du bitte zu den Toiletten kommen?"

„Was? Ich verstehe dich so schlecht", ruft Katrin laut in den Hörer und man kann den Trubel der Messe deutlich im Hintergrund hören.

„Du sollst bitte zu den ..." Verbindung getrennt.

Mina sieht auf das Display. Kein Netz!

Soweit sie kann, streckt sie ihren Arm in die Höhe.

Endlich zwei Balken. Was jetzt?

Sie rümpft die Nase, doch einen Versuch ist es wert.

Ihr Finger öffnet die Kontaktliste. A wie Adrian.

Oder besser gesagt wie Augen zu und durch.

Adrian hätte ohne die vorsorglich eingestellte Vibrier-Funktion mit hoher Wahrscheinlichkeit sein Handy nicht bemerkt. Wie auch? Der Lärm und die Stimmenvielfalt um ihn herum ist nahezu ohrenbetäubend.

Er zieht es aus der Hosentasche.

Bestimmt ist das Fee, mit der er schon per E-Mail die Nummer ausgetauscht hatte, oder Tom, der ihm seine beiläufig, bei der kleinen Führung um den Stand, untergejubelt hatte. Jeder will bemerkt und gesehen werden. Soziale Kontakte knüpfen, selbst wenn man sich gerade erst kennengelernt hat und ...

Adrians Gedanken stoppen, als er den Namen im Display lesen kann. Mina Winter ruft an.

Sein Kopf dreht sich in Richtung der Damentoilette.

Wie kann das sein und vor allem, wo bleibt sie so lange? Sie wird doch nicht durch ein Fenster verschwunden sein, nur um ihm eine auszuwischen? Sie bestimmt längst am Stand und ...

„Hallo?" Adrian hat abgenommen.

„Adrian, hör mir bitte genau zu."

Er stößt sich von der Wand ab und sieht einem Mädchen dabei zu, wie sie in den Raum verschwindet, in dem sich Mina eigentlich auch noch befinden müsste.

„Ich höre zu. Nur könntest du bitte ein klein wenig lauter sprechen? Ich verstehe ..."

„Adrian!", zischt Mina leise durch ihre Zähne. „Ich kann nicht lauter sprechen, aber könntest du bitte reinkommen und mich rausholen?"

Adrian kann sich das Lachen nicht länger verkneifen.

„Okay Mina, dass ich dich von dem Imbiss-Stand weggezogen habe und du dadurch um dein Mittagessen gekommen bist, war nicht sehr cool von mir. Mich dafür allerdings in eine Damentoilette schicken zu wollen, nur damit ich mich lächerlich … "

„Adrian, verdammt noch mal! Ich meine es ernst. Die Türe klemmt und ich kann die Kabine nicht verlassen", unterbricht Mina mit deutlich mehr Nachdruck.

Pause. Adrian denkt nach.

„Echt jetzt oder verarscht du mich?"

Okay, blöde Frage, das merkt er in diesem Augenblick selbst. Minas tiefer Seufzer bestätigt ihn.

Adrian will ansetzen zu fragen, warum ihr denn keine der Damen behilflich sein kann, doch ihm wird schnell klar, dass dies keine Option ist.

Das würden sicherlich einige Nutzen, ihre Smartphones zücken, Bilder oder Videos machen und dann wäre in wenigen Minuten im Netz zu lesen: „Autorin auf Toilette eingesperrt!"

Falls die Damen allerdings einem Kodex folgen, dass man so etwas nicht tut, zumindest nicht in der einzigen Räumlichkeit in der alle gleichermaßen die Hosen runter lassen müssen, dann bleibt noch die Peinlichkeit, dass sie später am Sunshine-Stand vorbeikommen und tuschelnd die Köpfe zusammenstecken: Guck mal, das ist die, die im Klo eingesperrt war.

„Adrian?"

„Ähm, … ja ich bin noch dran."

„Bitte, tu irgendwas."

„Ja, ich … also, … Durchhalten! Ich bin gleich da", erklärt er und drückt den Knopf zum Auflegen.

Was soll er denn bitte schön tun? Die Türe aufreißen und sich den Schlägen und Schreien der Frauen aussetzen? Nebenbei

Mina aus der Kabine befreien und wieder rausspazieren, als ob nie was gewesen wäre?

Das geht nicht! Denn dann ist er im World-Wide-Web der Star. Allerdings negativ, als Spanner oder Schlimmeres.

Es muss doch irgendeine Lösung ...

Da ist sie!

Ein Reporter hält sein Mikrofon weit nach oben in die Menge. An seiner Hose baumelt lässig eine Kappe, auf deren Schild das Logo der diesjährigen Messe deutlich und in dicken Großbuchstaben abzulesen ist.

Ich bin kein Dieb, schießt es Adrian durch den Kopf, aber der Zweck heiligt bekanntlich die Mittel.

Schwupps! Dank des lockeren Klettverschlusses hält Adrian die Kappe nur wenige Sekunden später in seinen Händen.

Er drückt seine Errungenschaft fest an sich und steuert damit wieder auf die Toiletten zu. Doch das reicht noch nicht, deshalb sieht er sich erneut nach allen Seiten um.

Der Zufall ist ihm in diesem Augenblick scheinbar mehr als gnädig, denn ein Mitarbeiter des Backwarenstandes, legt seinen Kittel ab und wirft diesen wahllos über einen Kistenstapel.

Auch diese Hürde stellt für Adrian ein kaum merkbares Problem dar, denn im Vorbeischlendern reicht ein Griff, um sich diesen unter den Nagel zu reißen.

Viel zu beschäftigt sind die vielen Leute um ihn herum, als dass sich auch nur einer von ihnen fragen würde, ob ihm das überhaupt zusteht, oder was er damit vorhat.

Adrian kommt zu dem Ergebnis, dass so eine Messe für echte Diebe, das reinste Paradies darstellen muss.

Nachdem er seine Rüstung endlich beisammenhat, wird es höchste Zeit die Prinzessin aus dem Turm, besser gesagt die Autorin aus der Kabine, zu befreien.

Die Kappe sitzt, der letzte Knopf des Kittels ist geschlossen, der aufgestickte Name der Bäckerei mit einem, zuvor mit Speichel angefeuchtetem, Stück Papier überklebt und der Wille bereit.

Adrian holt tief Luft. Dann betritt er mit in Richtung Boden gesenktem Blick die Damentoilette.

Logischerweise zieht er sofort alle Blicke auf sich und die Frauen legen in all ihrem Tun eine Pause ein.

Würde Adrian es nicht besser wissen, dass sie sich nur bereitmachen, um jeden Moment auf sein Erscheinen mit gebührend Empörung zu reagieren, dann könnte er denken, jemand hätte wie in dem Film KLICK den Standbild-Knopf einer Fernbedienung betätigt.

Verschiedene Gefühle rauschen durch Adrian hindurch. Hilflosigkeit, Scham und doch ein relativ gesundes Maß an Entschlossenheit.

Er fasst sich an den Kehlkopf und hofft, dass seine Stimme tief genug und was noch viel wichtiger ist, überzeugend klingt.

„Meine Damen, keine Panik! Ich bin der Hausmeister. Scheinbar gibt es hier ein sanitäres Problem in ... "

Ja, in welcher Kabine eigentlich?

Adrian gerät ins Schwitzen. Seine Augen suchen die Türen ab. Ganz toll! Das hatte er nicht bedacht.

„Kabine vier", ruft ihm eine bekannte Stimme aus dieser entgegen.

Mina kann es nicht fassen, dass sie mittlerweile schon eine gefühlte Ewigkeit darin eingesperrt ist.

Adrian sieht auf die Frauen. Noch immer keine Reaktion.

„Ja, ... ähm ... genau, Kabine vier. Da muss ich hin."

Eine aufgestylte Reporterin deutet auf Kabine eins, die sie wohl kurz vor seinem Auftauchen verlassen haben musste. „Sehr gut. Endlich schicken die mal jemanden vom Fach. Überprüfen sie diese hier doch auch gleich, denn die Spülung will einfach nicht stoppen."

Adrian nickt, während er sich zu Kabine vier drängt.

Scheinbar hat keine der Frauen auf Minas Antwort an ihn geachtet, so groß ist die Neugier, was er hier zu suchen hat.

Die Ansage der Reporterin hat allerdings die Glaubwürdigkeit seiner Rolle bestärkt, denn plötzlich scheint niemand der Anwesenden mehr ein Problem mit seinem Dasein zu haben.

Im Gegenteil. Es geht im gewohnten Stil weiter.

Es wird geredet, gekichert, Wasserhähne laufen, der Handtrockner verrichtet sekündlich seine Dienste und vor dem Spiegel werden die Gesichter mit Make-up oder Lippenstift aufgehübscht.

An Kabine vier versucht Adrian nun von außen das Schloss zu entriegeln. Zum Glück handelt es sich um einen gewöhnlichen Schlitzverschluss.

Den sollte er schnell aufbekommen, doch wie werden die Frauen reagieren, wenn er gar nicht nach einem Wasserproblem sieht, sondern Mina wie von Zauberei aus dieser zum Vorschein kommt?

Im Grunde hätten sie sich in diesem Fall den ganzen Aufwand sparen und gleich herumschreien können: „Hallo! Hier bin ich! Eingesperrt wohlgemerkt."

Adrian sieht zu Kabine Nummer fünf.

Eine Mutter mit ihrer kleinen Tochter an der Hand, verlässt diese gerade.

Bevor die nächste Dame im Anmarsch ist, hat er sich eilig davor postiert und da Kabine vier ohnehin nicht aufgeht, wird sie sich wohl einen Platz in einer der vorderen ergattern müssen. Es bleibt auch noch die Wahl ganz hinten, in Nummer sechs oder sieben.

Genau wie Adrian Minas Türe gleich aufschließen will, genauso verriegelt er in diesem Moment mithilfe des Randes eines zwei Euro Stückes, die Nebenkabine.

Das wäre geschafft! Zurück zu vier.

Durch die Türe hindurch vernimmt er ein Flüstern: „Nun mach schon! Ich will nicht mehr länger hier drinbleiben müssen."
Adrian antwortet singend durch die Zähne, sodass es aussieht, als würde er während der Arbeit lächeln.
„Ich tue was ich kann. Glaub mir."
Mina lehnt ihren Kopf an die Wand. Dann endlich der befreiende
KLICK!
Die Türe ist offen.
Mit Schwung löst sie sich und will sofort aus der Kabine treten, doch da hat Adrian sich auch schon nach innen gezwängt und ihr eine Hand über den Mund gelegt.
Nicht nur das, sondern er drückt sie mit seinem Körper sogar wieder an die linke Seitenwand zurück.
Mit der freien Hand versperrt er erneut die Kabine.
Alles geht so rasend schnell, dass Mina nicht in der Lage ist einen klaren Gedanken zu fassen.
Mit großen Augen sieht sie in Adrians Gesicht.
Dann betrachtet sie sein Outfit. Die Kappe, der Kittel ...
Was sie allerdings in diesem Augenblick viel stärker wahrnimmt ist die körperliche Empfindung.
Seit über zwei Jahren ist sie keinem Mann mehr so nah gekommen und wollte es auch nicht.
Minas damaliger Lebensgefährte hatte sie zutiefst gekränkt, als er ihr zu verstehen gab, dass sie sich den Stalker nur einredet und schlichtweg die zu lebhafte Fantasie einer Autorin das einzige Problem wäre, das Schuld an ihrer Lage trägt.
Als Björn ihr eines Abends die Visitenkarte eines stadtbekannten Psychologen auf den Tisch legte, reichte es ihr endgültig. Sie zerriss die Karte und warf diese, sowie die Beziehung gleich mit, in den Mülleimer.
Adrians Körper fühlt sich warm an, vielleicht auch nur, weil ihr selbst so langsam in der beengten Kabine kalt wurde. Seine

Hand riecht nach Mann. Nicht nach Schweiß, sondern ein männlicher Eigengeruch der ihr unaufhaltsam in die Nase steigt. Dann sein Blick. Gott verdammt!

Er hat die schönsten Augen, in die sie jemals gesehen hat. So weich, so freundlich und doch gleichzeitig so unergründlich und voller Geheimnisse.

Mensch Mädchen, bring es doch nicht so kompliziert auf den Punkt. SEXY! Ja, diese Augen sind verdammt heiß und ...

„Du willst doch nicht, dass alle merken, was hier vor sich geht, oder?"

Am liebsten hätte Mina die Augen geschlossen und Adrian noch ewig so nah an ihrem Ohr gelauscht.

Langsam und betont spricht er jedes einzelne Wort aus. Wenn ihr jetzt ein Aufstöhnen entweicht, dann ist die Blamage für heute perfekt.

Adrian löst seine Hand von ihrem Mund, auch wenn er die zarten Lippen, und den beinahe klebrigen Pflegebalsam darauf, durchaus gerne berührt hat.

Als er in Minas Ohr flüsterte, nahm er den zarten Geruch ihres Shampoos in sich auf. Wie mag es sich dann wohl anfühlen, diesen Duft während eines wilden Aktes der Lust wahrzunehmen? Junge, reiß dich zusammen und tritt gefälligst einen Schritt zurück.

Mina räuspert sich, als sie wieder Freiraum verspürt.

„Wie hast du dir das denn vorgestellt? Ich meine, was wenn die Türe wieder nicht aufgeht und wir sitzen beide hier fest?"

Adrian sieht nach oben. „Die Nebenkabine ist verschlossen, ich hoffe, dass du sie von innen leicht zu öffnen bekommst. Diese hier ist kein Problem. Selbst wenn ich Gewalt anwenden muss. Ich darf das, denn schließlich bin ich der Hausmeister."

„Du willst, dass ich da rüber klettere?", fragt Mina entsetzt, als sie sein Vorhaben zu verstehen glaubt.

„Ja", gibt Adrian trocken zurück.

„Was, wenn mich jemand sieht oder ich nicht durchpasse?",
lautet die nächste geflüsterte Frage.

„Ich bitte dich, deine Figur passt da locker durch und glaub mir,
wenn ich dir versichere, dass die Damen viel zu sehr mit sich
selbst beschäftigt sind, als dass auch nur eine nicht in den
Spiegel, sondern an die Decke schauen würde."

Wow! Dieser Mann denkt! Kalkuliert Situationen, entschlüsselt
Wege, fügt logische Möglichkeiten hinzu und zieht
unbrauchbare ab. Bei genauerem Betrachten ist es auch eine
plausible Lösung.

Mina vernimmt seine Worte. „Steig in meine Hände. Ich helfe
dir."

„Ich hoffe das funktioniert", flüstert Mina zurück, während ihre
Hände bereits seine Schultern umklammern.

„Wird es", gibt Adrian zu verstehen, als er ihr auch schon den
nötigen Schwung nach oben gibt.

Tatsächlich kann Mina sich schnell und unkompliziert in die
andere Kabine begeben.

Nachdem Adrian hört, wie sie diese jetzt erfolgreich verlassen
hat, kann auch er die Kabine Nummer vier wieder freigeben.

Bei ihm klemmt das Schloss nicht, was wohl daran liegt, dass er
es vorhin ziemlich ruckartig mit dem Geldstück gedreht und
somit sogar ein wenig gelockert hatte.

Er sieht zu Mina, die sich an einem der Becken die Hände
wäscht.

Ihr Blick fällt in den Spiegel und sie kann sein Lächeln und das
Zwinkern, das an sie gerichtet ist, als Mission erfolgreich erfüllt,
deuten.

Laut ertönt seine Stimme: „So meine Damen, die Toilette ist
wieder freigegeben. Ich wünsche Ihnen allen noch einen
angenehmen Aufenthalt auf der Messe."

Weg ist er.

BUCHMESSE: Tag 2

Mina schenkt sich wie den Morgen zuvor eine Tasse Kaffee ein. Dann gesellt sie sich zu Fee an den kleinen runden Tisch, um mit ihr den Tagesablauf zu besprechen.

Adrian ist selbstverständlich auch schon da.

Für eine Unterhaltung hatten sie noch keine Zeit, denn Tom nahm ihn umgehend in Beschlag.

Irgendetwas stimmt mit der Bücherwand nicht und das gilt es schnellstmöglich zu reparieren. Schließlich sollten die Exemplare den Besuchern später nicht entgegenfliegen.

Obwohl Mina sich mitten im Gespräch mit Fee befindet, sie sogar hin und wieder herzhaft lachen, sind ihre Gedanken woanders.

Unverblümt schießt ihr das gestrige Szenario auf der Toilette in den Kopf. Dann der Nachmittag, der sich so ruhig gestaltete, als wäre sie nicht auf der Frankfurter Buchmesse, sondern in den Urlaub gefahren.

Nach einer weiteren Lesung und einem Interview, das ihre Verlegerin selbstverständlich bis ins Detail, samt den Fragen vorbereitet und geplant hatte, ist kaum mehr etwas nennenswertes geschehen.

Auf eine After-Messe-Party, zu der Fee sie unbedingt noch mitschleifen wollte, hatte Mina keine Lust. Bestimmt wird sie dort offenbart bekommen, womit ihre Freundin bislang gekonnt hinter dem Berg hält.

Fee und Adrian knutschend vor all den Leuten, oder in irgendeiner Ecke. Nein, danke!

Warum aber wollte sie solch ein Szenario nicht sehen?

Schließlich kennt sie diesen Kerl nicht und es ist ihre Pflicht, sich als gute Freundin für Fee gefälligst zu freuen und nicht die eingeschnappte Tussi zu Tage zu befördern.

„Hast du schon das neueste über Annes Mann gehört?", fragt Fee plötzlich.

„Anne Maurer?", stellt Mina sich dumm, doch sie weiß ganz genau, dass es nur eine Anne gibt, der Fee Aufmerksamkeit schenkt, beziehungsweise ihr ganzes Rivalen-Herz.

„Ja, wer denn sonst? Also auf Facebook ..."

Mina sieht, wie sich Fees Lippen bewegen. Mal langsam, mal schnell. Ihre Ohren sind allerdings nicht in der Lage die Worte aufzunehmen, denn ihr Kopf ist abwesend.

Den ganzen vergangenen Abend dachte Mina an Adrian.

Sie konnte nicht vergessen, wie sein Atem ihre Wangen gestreift hatte, als er ihr ins Ohr flüsterte.

Die Wärme seiner Hand fühlte sie noch lange auf ihren Lippen, genau wie seinen Körper, der sich fest an ihren drückte, nur damit es keine der Damen von außerhalb mitbekam, was sich in Kabine Nummer vier eigentlich abspielte.

Enthaltsamkeit über zwei Jahre hinweg machte die Sache für Mina nicht leichter.

Sie sollte sich auf andere Dinge konzentrieren, doch in ihrer Fantasie drängte sich das Wort SEX in Verbindung mit diesem Fremden, genannt Adrian, mehr und mehr in den Vordergrund.

Als sich dann auch noch ihr Schoß, während des Sitzens auf der Couch, zusammenzog und das Überschlagen der Beine anstelle von Linderung, das Gefühl nur immens verstärkte, war Mina klar: Sie ist heiß!

Ihr dünner Slip begann zusätzlich an ihrer Haut und dem zu einer Perle angeschwollenen Kitzler zu reiben und drängte sie regelrecht dazu sich endlich Erleichterung zu verschaffen. Egal wie!

Eigentlich wollte sie die ganze Zeit nichts weiter, als dem Gefühl zu widerstehen und den unkeuschen Gedanken an Adrian entkommen, nur es gelang ihr eben nicht.

Sie wusste, warum sie es tat.

Fee jetzt mit diesem Wissen zuzuhören, oder ihr beim Sprechen direkt in die Augen zu sehen, gestaltet sich leider an diesem Morgen danach, als schier unmöglich.

Mina muss sich zu jedem neuen Lächeln zwingen.

Während Fee munter weiterspricht gesellen sich Tom und Adrian zu ihnen.

Mina wird warm, denn ohne zunächst einen guten Morgen zu wünschen, grinst Adrian. Sie ist so überrascht, dass ihr nichts Besseres einfällt, als breit zurück zu grinsen.

Klasse! Schießt es Mina durch den Kopf. Wie dämlich mag das wohl ausgesehen haben?

Zu ihrem Glück stoppt Fee mitten in ihrer Erzählung. Sie sieht prüfend auf Tom. „Und? Ist das Regal einsatzbereit?"

Er schüttelt verlegen den Kopf. „Nein. Der linke Stützbalken lässt sich nicht richtig stabilisieren. Wir haben einen Stuhl davor platziert, doch das wird ..."

„Es muss halten! Du hast soeben eine neue Aufgabe für diesen Tag, mein lieber Tom."

Tom wirkt verdutzt. „Wie meinst du das?"

Fee verzieht einen Mundwinkel nach oben. „Na, du wirst auf dem Stuhl sitzenbleiben und darauf achten, dass nichts passieren kann. Ich versuche schnellstmöglich einen Monteur aufzutreiben. Ist doch ein leichter Job. Außerdem fallen dir so weniger Flausen mit Katrin ein."

Tom ist schon des Öfteren von seiner Chefin schräg von der Seite angemacht worden, doch ihm fehlen immer wieder aufs Neue bei ihrer herrischen Art die Worte.

Das nichts Unerwartetes passieren kann, dafür ist auch Adrian an diesem Vormittag zuständig.

Ein paar Presseleute, mit denen Fee keine Vorabsprache gehalten hatte, drängelten sich an den Stand und wollten von Mina ein paar Antworten zu den Stalker-Geschehnissen vor zwei Jahren.

Trotz dass Fee sie lauthals des Standes verwies, ignorierte ein stämmiger Mann ihre Ansagen vollkommen.

Er bombardierte Mina mit Fragen, die teilweise sogar unter die Gürtellinie gingen. „Frau Winter, denken Sie, dass der Verdächtige sexuelle Handlungen praktizieren wollte oder hätte er nur die in ihrem eigenen Buch beschriebenen Gräueltaten exakt kopieren wollen, um diese an Ihnen ausleben zu können?"

Adrian traute seinen Ohren nicht, dann handelte er.

Mit ausgestrecktem Arm packte er den Journalisten an dessen Hemdkragen und zog ihn nahe an sich heran.

So nah, dass er ihm ins Ohr flüstern konnte.

Dem Gesichtsausdruck zu urteilen, hatte Adrian dem Kerl mehr als verständlich klargemacht, dass es besser wäre, sich möglichst rasch zu verziehen, andernfalls ...

Fee dankt es Adrian umgehend mit einem Kopfnicken.

Wieso spielt sie die Unerreichbare, während sie ihrem Job, als gewissenhafte Verlegerin, nachgeht?

Sie kann sich doch mit ihm sehen lassen, will Mina weiterdenken, als sie Adrians Blick auf ihrem Gesicht haften sieht.

Was will er? Sich erkundigen, ob es mir gutgeht.

Warum wird sein Lächeln immer breiter? Oder empfinde ich das nur so, weil ich ohnehin die halbe Nacht mit ihm in meinen ungezügelten Gedanken verbracht habe?

Das strahlende Weiß seiner Zähne macht es nicht leichter von seinem ebenmäßig geschnittenen Gesicht wegsehen zu können.

Sein dunkelbraunes Haar hat im Neonlicht der Halle eine beinah schwärzliche Färbung und seine Augen schimmern wie Diamanten, die ein Sonnenstrahl durchdringt.

Mina senkt kurz die Lider. Dieses Denken muss aufhören!

Als sie wieder aufsieht grinst Adrian noch immer.

Es konnten folglich nur Bruchteile von Sekunden vergangen sein. Gott, ja! Er ist attraktiv, doch wenn er lächelt, ist er atemberaubend.

Verglichen mit dem Vormittag ist der Nachmittag um einiges angenehmer, denn es folgt eine weitere Lesung für die Kinder. Adrian fühlt sich einmal mehr fehl am Platz, denn hier bedarf es seiner Dienste nicht. Schließlich stehen die Chancen bei eins zu einer Milliarde, dass auch nur eine von den Küken, ... ja Küken, denn der Großteil der Zuhörer besteht aus Mädchen ..., plötzlich zu einer bestialischen Zombie-Braut mutiert.

Gut. Wird er eben, wie den Tag zuvor, stumm zuhören.

Das stimmt nicht ganz, denn als Mina eine Stelle des Buches vorliest, wo ein Riese von einem Elf zu Fall gebracht wurde, da der Zwerg ihm angeblich kräftig gegen das Schienbein getreten hatte, muss Adrian sich ungewollt laut räuspern.

Verdutzt unterbricht Mina ihre Lesung und auch einige der Kinder drehen sich aus dem Schneidersitz zu ihm herum.

Mit erhobenen Händen und hochgezogener Augenbraue versucht Adrian sich zu erklären: „Sorry, ... also ich meine, ... ich verstehe nicht ganz."

Mina legt den Kopf schief. „Was verstehst du nicht? Ich bin mir sicher, die Kinder können dir da weiterhelfen."

Okay, wenn die Autorin unbedingt auf Kritik besteht.

Kopfschüttelnd fährt Adrian fort: „Ich verstehe nicht, wie ein Gnom einen drei Meter Riesen mit einem Tritt zu Fall bringen kann. Ich denke, das ist nicht mehr, als wenn eine Mücke ... "

ZACK! Adrian entfährt ein schmerzerfüllter Aufschrei und er geht in die Hocke.

Seine Hände umklammern das rechte Schienbein und in seinem Kopf fühlt es sich so an, als würde der Schmerz und das Bewusstsein darüber, gerade erst dort angekommen sein.

Ein molliges Mädchen steht mit verschränkten Armen vor ihm.

Ihre Augen funkeln böse und ihr Mund ist fest zusammengepresst. Dennoch folgen spöttische Worte: „Siehst du? So funktioniert das!"

Die Kinder verfallen synchron in schadenfrohes Lachen.

Eins zu null für die Autorin und ihre kleinen ZOMBIES!

Adrian weiß nichts Sinnvolles auf diese Demonstration zu sagen.

Seine Zunge fühlt sich ohnehin so trocken an, als ob er sie ziemlich lange nicht benutzt hatte und es besser in diesem Augenblick der Scham auch nicht sollte.

Über Minas Lippen huscht ein „Pssst", was die Kinder dazu veranlasst sich wieder voll und ganz ihrer Stimme und der fantastischen Geschichte zu widmen.

Dieser Laut durchdrang auch Adrians Ohren angenehm warm und es fällt ihm plötzlich leicht, sich aufzurichten.

Sein Blick erhellt sich.

Es gefällt ihm, wie Mina ihre Lippen spitzt, nur um eine Textstelle erzählerisch interessanter und somit greifbarer und lebendiger wirken zu lassen.

Vielleicht sollte er ihr diese Erkenntnis später als nettes Kompliment zukommen lassen, denkt Adrian, doch seine Ohren vernehmen bereits ein neues Geräusch.

Es handelt sich noch immer um die romantische Stimme von Mina, doch was zum Teufel tut sie da?

Selbst die Kinder kommen aus dem Staunen nicht mehr heraus.

Ihr Brustkorb hebt und senkt sich, während sie damit glaubhaft darstellen will, dass der Elf, bei seinem Fluchtversuch vor dem Riesen, ziemlich aus der Puste gerät.

Die Kinder interpretieren es auch vollkommen richtig, doch Adrian stellt fest, dass er nun mal schon ein großer Junge ist und ihm in dieser Minute das schnelle Ein- und Ausatmen unaufhaltsam in sehr unvorteilhafte Körperregionen schießt.

Mit anderen Worten: Er ist davon sichtlich erregt.

Sehr gut gemacht, Frau Winter!

Adrian bekommt Schweißausbrüche und sieht sich sofort nach einer Sitzgelegenheit um.

Die einzigen drei Stühle, die der Stand zu bieten hat, werden ausgerechnet zu diesem heiklen Zeitpunkt in Beschlag genommen. Fee sitzt prüfend über ihren Ordnern, Mina vor den Zombies und Tom seitlich neben der instabilen Bücherwand.

Ganz großes Kino und gleich fällt der Vorhang.

Wobei sich hinter solch einem zu verstecken jetzt die ultimative Lösung wäre.

Aber es gibt nun mal keinen und sich die Hände vor eine deutliche Schwellung im Intimbereich zu halten würde dazu führen, dass Adrian in wenigen Sekunden die ungeteilte Aufmerksamkeit des Publikums auf sich gerichtet hätte.

Dass Mina nun durch ihre langen Haare streicht und eine lockere, leicht vornüberfallende, Strähne zwischen ihren Fingern, mit den dunkelroten Nägeln zwirbelt, macht die Situation nicht besser. Im Gegenteil.

Adrian fühlt immer deutlicher die Spannung, die einzig und allein vom Stoff der Jeans im Zaum gehalten wird.

Er könnte auch in Richtung der Toiletten laufen und sich in einer der Kabinen Erleichterung verschaffen. Ja, das will Adrian sogar unbedingt, doch er weiß, das geht ebenfalls nicht.

Was, wenn wieder so ein bekloppter Reporter oder gar der Stalker an den Stand kommt und er in dieser Zeit nichts Besseres zu tun hat, als sein Mandat zu senken?

No way! Reiß dich also gefälligst zusammen und denk an etwas anderes. Was wollte ich nach der Messe gleich noch mal alles einkaufen? Brot, irgendein Fleisch, Obst und ... Kondome vielleicht?

Im nächsten Moment bemerkt Adrian, dass sein Körper für ihn reagiert hatte und er mit fest angewinkelten Beinen neben den Kindern auf dem Boden sitzt.

Mina sieht kurz zu ihm herab, lächelt, und liest weiter.

Der Abend des Tages ließ auch nicht mehr lange auf sich warten und so kommt es, dass Fee in die Runde fragt: „Na, wer hat noch Lust auf einen Drink?"

Mina und Adrian sehen sich an wie zwei Fremde, doch anscheinend dachten sie beide dasselbe.

„Ich muss dringend nach Hause, ich habe Kopfschmerzen", erklärt Mina entschuldigend. Dabei legt sie ihre Hand in den Nacken, als wolle sie der Ausrede noch mehr Glaubwürdigkeit verleihen.

Zwar leidet sie tatsächlich unter gewisser Anspannung, doch das liegt eher an der stickigen Luft in der Halle.

Eigentlich will sie ein weiteres Mal vermeiden, dass sie ihrer Verlegerin beim Techtelmechtel mit Adrian zusehen muss.

„Ich werde mich auch auf den Heimweg machen", stellt Adrian locker klar, ohne sich um eine Rechtfertigung zu bemühen.

Nur Tom erhebt die Hand. „Katrin und ich sind dabei. Du kannst auf uns zählen."

Beinah hätte Mina aufgeatmet bei dem Gedanken, dass Adrian ebenfalls nach Hause möchte und folglich den Abend nicht bei oder mit Fee verbringen wird, doch der nächste Satz ihrer Freundin lässt sie zusammenzucken.

„Adrian, sei doch noch bitte so lieb und begleite mich mit den schweren Bücherkisten zu meinem Auto."

Fee nimmt ihre Brille ab und schenkt Adrian dabei ihr süßestes Lächeln. Das Schlimmste aber, er erwidert dies und nickt einwilligend.

Mina schnappt sich ihre Handtasche und mit einem hohen „Gute Nacht, bis morgen", begibt sie sich schnellen Schrittes in Richtung des Ausgangs.

Katrin sieht ihr mit zusammengekniffenen Augen nach.

„Da hat es aber jemand verdammt eilig. Es wartet bestimmt noch ein heißes Date auf Mina. Zumindest wäre ich in diesem Fall so drauf."

Sie hat ein Date, schießt es Adrian durch und durch.

Noch dazu ein heißes?

Am liebsten wäre er Mina hinterhergelaufen, nur um sich zu vergewissern, ob da jemand im Außenbereich auf sie wartet. Wahrscheinlich so ein kleinlicher, schmieriger Korinthenkacker, der vorgibt mit ihr in die Geschichten abtauchen zu wollen, dabei will der nur bei ihr ...

„Adrian? Können wir?", fragt Fee und deutet dabei mit dem Finger auf zwei sorgfältig verpackte Kisten.

„Ja klar", lautet seine Antwort und die innere Wut lässt Adrian beim Anheben noch nicht einmal die tatsächliche Schwere der Bücher wahrnehmen.

Vor ihrer Wohnung zögert Mina bevor sie den Schlüssel ins Schloss steckt. Hatte sie heute Morgen einmal oder zweimal abgesperrt und was, wenn die Türe sofort aufspringt? Wie in ihrem Thriller ...

„Guten Abend, Frau Winter. Das könnte eine kühle Nacht werden", hallt eine Stimme plötzlich durch das gesamte Treppenhaus.

Es ist der Hausmeister, der bei der Familie über ihr nach einem Wasserschaden in den Wänden gesehen hatte.

Schlürfend nimmt er eine Stufe nach der anderen, ehe er an Mina mit seinem schweren, klimpernden Werkzeugkasten vorbeikommt.

„Ja, das könnte gut sein", erwidert Mina freundlich und bemerkt, dass sich der Schlüssel zweimal in ihrer Hand dreht.

Jetzt ist ihre Wohnungstüre offen.

Sie huscht hinein und drückt sich mit dem Rücken dagegen.

Ihre Atmung geht schnell.

Das muss aufhören, dass du vor allem und jedem Angst hast, mahnt Mina sich streng, doch ihr Blick fällt auf die Kommode.

Soll sie lieber auf Nummer sicher gehen?

Als sie sich ihrer Jacke entledigt hat und nach ihren Schuhen an den Füßen greifen will, hält sie inne.

Ihr fällt ein, dass sie seit zwei Tagen den Müll nicht mehr nach draußen gebracht hatte.

Mina huscht in die Küche und schnappt sich den Sack aus dem dafür vorgesehenen Behälter unter der Spüle.

Für das kurze Stück bis zu den Tonnen braucht es keine Jacke, doch ihr Griff geht auf die Kommode, um erneut den Schlüsselbund an sich zu nehmen.

Während ihres Weges kommt ihr ungewollt Fees Lächeln wieder in den Sinn.

Mehr und mehr beginnt der Sack in ihrer Hand zu schwanken, als ihr Adrians Antwort darauf klar wird.

Sie selbst hatte er über den Tag verteilt auch so angesehen. Nein, er hatte sie breit angelächelt, wenn nicht sogar herausgefordert. Oder er sieht einfach jede so an. Wer weiß das schon?

Mina sperrt das Müllhäuschen auf, zieht den Deckel der ersten Tonne ruckartig nach oben und der Sack verschwindet auf nimmer Wiedersehen darin.

Beim Verlassen des Häuschens erfassen Minas Augen eine Männergestalt, die an der Straße auf und ab geht.

Plötzlich verschwindet die Person in der Dunkelheit.

Es scheint fast so, als wolle er sich hinter einer der vielen Laternen verstecken.

Kann dir egal sein, was andere Leute so des Abends machen. Geh einfach zurück ins Haus und verhalte dich völlig normal, spricht Mina im Inneren zu sich selbst, doch ihre Beine bewegen sich bereits in Richtung der Straße.

Hinter der Laterne, an der die Gestalt nach Minas Meinung verschwunden war, ist jedoch nichts weiter als dichtes Geäst und gähnende Leere auszumachen.

Oh man, wie doof bist du eigentlich? Da hast du ...

Ein sanftes Tippen auf die Schulter reißt Mina aus ihren Gedanken und sie fährt erschrocken herum.

Zwei starke Hände umklammern sofort ihre Oberarme.

„Woah, langsam! Kein Grund zur Panik. Ich bin es. Ist bei dir alles in Ordnung?"

Minas weit aufgerissene Augen können im Lichtschein endlich das Gesicht erkennen, zu dem die Ohren ihr bereits ein bekanntes Bild vermittelt haben.

Sie fasst sich mit der Hand an die Brust und atmet aus. „Adrian. Meine Güte, hast du mich erschreckt."

„Das tut mir leid, aber der Bus ist daran schuld", erklärt Adrian, der langsam seine Hände von ihren Armen löst.

Was redest du da, fragt sich sein Kopf bereits im nächsten Augenblick.

Nicht der Bus ist für sein Erscheinen verantwortlich, sondern einzig und allein die kaum mehr kontrollierbare Neugierde, ob Mina tatsächlich auf dem Weg nach Hause oder zu einem heißen Date war.

Wie er unschwer sehen kann ist sie allein, doch was ...

„Der Bus ist schuld, dass du vor meinem Haus gelandet bist?"

Natürlich! Bingo! Diese Frage ist berechtigt. Sie ist keine dumme Frau, sie hakt selbstverständlich nach.

Adrians Kopf läuft auf Hochtouren, denn wenn er jetzt etwas Falsches antwortet, dann macht er die Sache unnötig kompliziert und das ist nicht sein Ziel.

Vielleicht sollte er bei der Wahrheit bleiben und ... Wieder unterbricht Adrians ICH seine eigenen Gedanken: Genau sonst ist bei dir alles in Ordnung? Du sagst ihr die Wahrheit, stehst als Stalker da, vor dem du sie eigentlich schützen sollst,

bekommst eine Ordentliche geknallt und das Ende vom Lied ist
...

„Adrian? Hörst du mir zu? Ich dachte du wolltest Fee noch beim Schleppen helfen", kommt es aus Minas Mund in leicht unterschwelligem Ton.

Sie zieht tief Luft ein und hofft innerlich, dass sie ihren Unmut darüber nicht komplett preisgegeben hat.

Als Adrian den Namen vernimmt, lächelt er, denn wie es der Zufall so will, liegt darin die Lösung.

Er stellt sich mit verschränkten Armen vor Mina, denn jetzt muss er überzeugen. Alles oder nichts!

„Ich habe Fee geholfen, doch das hat nicht sehr lange gedauert und als ich dann zum Bus wollte, war ... „

Keine Ausrede mit dem Bus, mahnt ihn sein Gehirn.

„Okay, nein. Alles falsch. Ich bin ein schlechter Lügner. Tut mir leid."

Mina durchfährt ein aufgeregtes Kribbeln und sie beißt sich erwartungsvoll auf die Unterlippe. Gleich wird er sagen, dass er dir gefolgt ist, weil ...

Wieder hört sie Adrian sprechen: „Fee hat mich gebeten, bei dir nach dem Rechten zu sehen. Du bist so schnell auf und davon, da hat sie sich Sorgen gemacht."

Vor lauter Schreck über die unerwartete Aussage hätten Minas Zähne beinahe in das Fleisch der Lippe gebissen.

Sie zwingt sich zu einem aufgeklärten Lächeln.

Er hat sie also nicht aus freien Stücken verfolgt, kennt ihre Adresse durch Fee und ist kein bisschen daran interessiert, was sie so macht.

Sag gefälligst was, das erwartet er. Guck ihn nicht wie ein Huhn an, das seinen Schlachter versucht davon zu überzeugen heute noch nicht die beste Wahl für Suppenfleisch zu sein.

„Wie du siehst, geht es mir gut. Alles in bester Ordnung."

Weiterlächeln und pieps nicht so herum, du bist hier nicht der Stargast in einer Sitcom, denkt Mina während sich ihr Mund bewegt.

Doch das gestaltet sich gar nicht so leicht, wenn man abgelenkt ist von seinem Aussehen und gleichzeitig verärgert, über die Tatsache, dass er Fee gleich berichten wird, dass sein Auftauchen bei ihr völlig umsonst gewesen ist.

Plötzlich ist Mina durcheinander.

Ihr kommt in den Sinn, dass Adrian nicht nur Bericht erstatten, sondern Fee sich umgehend für seine treuen Dienste, in vollem Umfang, erkenntlich zeigen wird.

Nicht mit Geld, sondern mit all ihren Naturalien, die sie vorzuweisen hat.

Ist nicht dein Problem! Wie oft noch?

Du solltest dich schämen und dich freuen, dass deine Verlegerin solch einen dicken Fisch an Land gezogen hat. Der Jackpot unter den Anglerinnen des Monats geht an Fredericke Richter. Applaus! Applaus!

Adrian kneift die Brauen zusammen, denn alles was er wahrnimmt ist Minas unweigerliches Lächeln.

Sie wirkt auf ihn wie eine Porzellanpuppe, deren Gesicht man, einmal so gestaltet, nun nicht mehr verändern kann.

Er räuspert sich: „Das freut mich, dass es dir gutgeht und du zurechtkommst."

Wenn du wüsstest, dass ich überhaupt nicht klarkomme, doch das werde ich dir natürlich nicht sagen, denkt sich Mina und sie schafft es sogar ihr Dauergrinsen aus dem Gesicht zu verbannen.

„Möchtest du noch mit hochkommen? Auf eine Tasse Kaffee vielleicht? Der Hausmeister meinte, es wird eine kühle Nacht."

Ihre Worte vernimmt sie zwar, doch sie kann selbst nicht ganz glauben, was sie da gerade ausspricht.

Kalt ist Adrian nach diesen Sätzen nicht.

Im Gegenteil. Hatte Frau Winter ihn damit etwa gedatet?
Oder ist ihr eigentliches Rendezvous für heute Abend ausgefallen und deshalb bekommt er zumindest das heiße Getränk aus Höflichkeit angeboten? Hop oder Top?
Adrian entscheidet sich blitzschnell zu toppen.
„Sehr gerne. Also ich meine, wenn es dir wirklich nichts ausmacht. Denn ich will dich nicht von irgendetwas abhalten", doch von einem anderen Mann, hallt es laut durch Adrians Kopf, doch seine Stimme beendet: „Vom Schreiben oder Überarbeiten vielleicht?"
Auf diesem Gebiet wirkt Minas Haltung wieder sicher.
„Nein, das habe ich heute nicht mehr vor."

In der Wohnung schenkt Mina, wie angeboten, zwei Tassen Kaffee ein.
Dann sitzt sie mit Adrian an ihrem ovalen Esstisch und die Gespräche kommen von ganz allein in Gang.
Sie lachen über die verschiedensten Dinge und dabei muss es sich noch nicht mal um allzeit gelobte, gemeinsame Interessen handeln.
Mit anderen Worten: Er lauscht ihr und sie lauscht ihm.
Zwischendurch hatten sie dann beschlossen sich Essen zu bestellen, denn auf der Messe kommt man dazu so gut wie nicht.
Pommes, Schnitzel und gemischter Salat.
Geliefert von einem kleinen Schnellimbiss, der nur ein paar Straßen entfernt ist, passt perfekt.
Als das schrille Klingeln ihr Gespräch unterbricht und Mina aufstehen will, deutet Adrian ihr umgehend an, dass sie ruhig sitzenbleiben kann. Er übernimmt.
Es ist schön, Adrian dabei zuzusehen, wie er an die Türe geht. Ihr damit sogar diese eine schwere Last, nämlich von Grund auf niemanden davor zu trauen, mit einer Leichtigkeit abnimmt, als wäre es an ihrem ersten Abend das normalste der Welt.

Mina hört, wie er mit dem Lieferanten spricht, dann der Austausch Geld gegen Essen und das darauffolgende, kumpelhafte Wünschen eines schönen Abends.

Wenn er beim Sex genauso gut mit seinem Schwanz umgehen kann wie mit Menschen, dann ...

Mina streift sich mit beiden Händen über das Gesicht. Was ist nur los mit ihr?

Wenn er zurückkommt wird er sofort die Röte auf ihren Wangen sehen. Das kann sie mit der Wärme im Raum erklären, aber was hatte sie da bitte schön gedacht? Schwanz?

Minas Gedanken drehen sich wie ein Karussell.

Ja, Schwanz. Na und? Soll ich vielleicht Glied, Penis, oder was weiß denn ich benutzen? Nur weil mir als Autorin schließlich bessere Wörter als das banalste einfallen sollten?

Schuld trägt unterm Strich sowieso nur die lange Enthaltsamkeit. Zwei Jahre, einen Monat und vier Tage ist es nun her, dass ich das letzte Mal gevö ..., Entschuldigung, ... Sexualverkehr hatte.

Bei ihrem Ex ging es Mina am Ende nicht mehr um Gefühle, sondern eher darum ihre innere Dunkelheit auszufüllen. Die Schatten des Stalkers zu vertreiben, denen sie bis heute zu entkommen versucht.

Seit Björn weg ist stolpert sie durchs Leben, vergräbt sich in Arbeit und wollte eigentlich von Männern am besten nie wieder etwas wissen. Na ja, bis Adrian kam.

„Das ging heute ausnahmsweise echt schnell. Ist man von denen gar nicht gewohnt", erläutert Adrian und stellt die Schachteln mittig auf dem Tisch ab.

Er sieht zu Mina, die ihre Hände züchtig wie eine Nonne beim Sonntagsgebet oberhalb der Tischplatte gefaltet hält. So brav? Ist sie das, oder tut sie nur so?

„Wo finde ich Besteck?", lautet nun Adrians Frage.

Mina deutet in die Küche. „Dritte Schublade, neben dem Kühlschrank."

Einen weiteren Kommentar, so nach dem Motto: „Fühl dich wie zuhause", will sie sich und ihm lieber ersparen.

Als Adrian jeweils mit einem Paar Messer und Gabeln wieder in den Wohnbereich tritt, bleibt sein Blick auf der relativ hohen Schrankwand des Raumes haften.

Wenn ihm seine Augen keinen Streich gespielt haben, dann befindet sich dort oben, unterhalb eines allseits beliebten Gesellschafts-Klassikers, der Karton des ultimativen MB Strategie-Spiels FLOTTENMANÖVER von 1989.

Adrian ist immer der Annahme gewesen, dass es sich hierbei um ein Kinderspiel der Kategorie: Typisch Junge handelt, doch Frau Winter besitzt eines.

Soll er sein Glück herausfordern oder lieber taktisch vorgehen und mit ihr gemeinsam das Abendessen genießen?

Was, wenn er sie damit verärgert, weil er im Begriff ist, eine Dame zu solch einem ...

Sein Mund hat sich bereits geöffnet. „Wow, Mina! Du besitzt Schiffe versenken? Das Original noch dazu."

Ach du liebe Zeit, schießt es Mina durch den Kopf.

Jetzt hat er die Sammlung ihres siebenjährigen Neffen entdeckt. Wenn jener zu ihr kommt, was alle paar Monate mal der Fall ist, damit seine Mami und sein Papi ein paar schöne Stunden Zweisamkeit erleben dürfen, dann wollte der junge Mann auch immer gebührend beschäftigt werden. Langeweile darf bei diesem Kind nie aufkommen.

Mina erhebt sich von ihrem Platz. „Die gehören Jason, dem Sohn meiner ältesten Schwester. Erbstücke könnte man sie nennen, denn mein Schwager wollte sich einfach nicht von seinen Spielen trennen. Jetzt liegen sie bei mir herum. Was soll man sagen?"

„Was man sagen soll?" ruft Adrian und er versucht umgehend seine Begeisterung, die ihn zu übermannen droht, etwas mehr in den Griff zu bekommen.

Mina soll schließlich nicht denken, dass er durch ein Spiel von einem erwachsenen Mann zu einem übermütigen Jungen mutiert ... und wehe er verliert!

Das Gegenteil ist der Fall, denn Mina lacht. „Möchtest du vielleicht eine Runde gegen mich verlieren?"

Da ist das böse Wort auch schon gefallen.

Adrian stemmt die Hände in die Hüften und verzieht theatralisch einen Mundwinkel nach oben. „Ich habe dich nicht richtig verstanden, aber ich glaube du sagtest, dass ich dir beibringen soll, wie man das wie ein Profi spielt, richtig?"

Jetzt muss Mina sich sogar eine Hand vor den Mund halten, um nicht endgültig lautstark loszulachen.

Sie geht auf den Schrank zu und streckt ihre Hand weit nach oben. Die Füße stellt sie auf die Zehenspitzen.

In dem Augenblick, als sie eine Ecke des Kartons zu fassen bekommt, steht Adrian ziemlich dicht hinter ihr.

Sein Arm ist ebenfalls gestreckt und er verhindert somit, dass Cluedo und Co. sich selbstständig machen und von dem Stapel herunterfallen können.

Der Geruch seines Aftershaves umringt Minas Sinne wie ein Nebelschleier. Am liebsten hätte sie die Augen geschlossen und sich zurückfallen lassen, nur damit seine starken Arme ihren Körper vor einem möglichen Fall bewahren und sie anschließend fest an sich ziehen.

Adrian berührt kurzzeitig ihre weichen Finger.

Die Tatsache, dass er einen ganzen Kopf größer ist, gefiel ihm seit dem ersten Tag ihrer Begegnung, denn sie ist die hilflose Maid, auf die er Acht geben muss und er der edle Ritter, dem zum Dank all ihre Zuneigung gebührt.

Endlich hält Adrian den Karton in den Händen.

Am Tisch kann er es kaum mehr erwarten, dass alle Teile endlich aufgebaut vor ihm stehen.

Mina hat sich ebenfalls wieder an ihren Platz begeben.

Damit das Essen nicht komplett kalt wird, öffnet Mina die Schachtel und schiebt sich ein paar Pommes in den Mund.

So gefällt das Adrian. Er braucht sich also keinerlei Sorgen machen, dass es unhöflich kommt, wenn man nebenbei etwas isst. Klasse Frau!

Bei Carmen durfte während des Essens das Handy noch nicht einmal in der Nähe liegen. An sich in der heutigen Zeit vollkommen richtig, denn das Internet stiehlt uns ohnehin schon genug davon, doch Adrian hat in Gedanken vergessen zu erwähnen, dass ausschließlich sein Handy sich nicht in seiner Nähe befinden durfte.

Carmen dagegen prüfte beinahe sekündlich ob nicht eine ihrer Freundinnen News auf Instagram oder Facebook gepostet hatte. Scheiß auf Carmen! Schließlich bist du bei Mina und gleich der Kommandeur einer ganzen Flotte.

„Das Schnitzel schmeckt im Übrigen sehr lecker", stellt Adrian kauend fest, während er die Koordinaten für die Schiffe auswählt.

So grübelnd, wie Mina auf ihr Spielfeld sieht, braucht sie mit Sicherheit noch ein wenig Starthilfe. Ich werde also die Formationen zu Beginn leicht verteilen.

„Bist du soweit?", fragt Mina lächelnd.

Wie bezaubernd sie über den Rand des Spiels hinwegsieht. Wahnsinn.

„Oh ..., ich? Ähm ..., nur noch einen Zerstörer, dann kann es von mir aus losgehen", bestätigt Adrian.

Schnell bemerkt er, dass nicht sie, sondern er ganz dringend Hilfe benötigen könnte, denn bereits die allererste Runde geht an Mina.

Fassungslos sieht Adrian auf seine versenkte Flotte.

Die nächsten Positionen wird sie nicht mehr so leicht aufspüren können, das garantiert er.

Doch auch das nächste Spiel, das übernächste und die zwei darauffolgenden Partien gehen an die Dame.

Adrians Kopf läuft heiß, denn egal wie sorgfältig er die Koordinaten auch wählt, Mina zielt, schießt und trifft!

„Versenkt", gibt Adrian kleinlaut zu, als sie in der laufenden Runde sein geliebtes Schlachtschiff auf den Grund des Meeres verfrachtet hat.

„Ist mein Feld durchsichtig, oder wie kommt das?", fragt er umgehend hinterher und hat dabei sogar seinen Stuhl zurückgeschoben.

Das kann doch alles nicht mit rechten Dingen zugehen, zumal er nicht ein einziges von Minas Schiffen getroffen hatte und das ständige Wort „Wasser" wird so langsam, aber sicher für ihn zu einem roten Tuch.

Entschuldigend, doch merkwürdig grinsend, wirft Mina die Hände in die Luft, als er zu ihr herumkommt. „Adrian, ich mache hier nichts anders als du."

„Kein Problem, weißt du mir macht das nichts aus", doch so cool Adrian auch wirken möchte, klappt ihm die Kinnlade runter, als er sieht, dass all seine Schüsse sich präzise um die strategisch meisterhaft platzierte Flotte von Mina herum befinden.

Sie lächelt, doch da ist noch ein anderer Ausdruck in ihrem Gesicht. So einer wie Mitleid mit dem Verlierer.

Himmel! Schießt es Adrian durch den Kopf. Wenn Pascal, das erfährt, der kommt nie mehr aus dem Lachen heraus.

Er runzelt die Stirn. „Wie kann das sein?"

Aus einem Effekt heraus greift Mina nach Adrians Arm und ihr Blick zeugt davon, als wolle sie ihn sanft streicheln.

Verlierer zu sein ist gar nicht mal so schlecht, stellt sein Denken in diesem Augenblick fasziniert fest.

In der nächsten Sekunde kommt sein Gesicht dem ihren so nahe wie zwei Magnete, die sich unaufhaltsam anziehen.

Adrians Hand streicht Mina dabei sanft über das Haar.

So vertraut, dass jeder der es sieht meinen würde, sie kennen sich bestimmt schon eine halbe Ewigkeit.

Der ernste Blick mit dem Adrian ihr in diesen Sekunden tief in die Augen sieht, lässt Mina leicht zittern.

Was tut er da? Will er mich tatsächlich küssen? Was ist mit Fee und ...

Zu spät!

Sie spürt Adrians Finger unter ihrem Kinn, dann seine Lippen mit sanftem Druck auf den ihren.

Ich beneide ihn darum, wie leicht er sich diesem menschlichen Impuls hingibt und nicht enttäuscht zurückweicht, weil ich das neue Spiel nicht sofort mitspiele. Jeder andere Kerl hätte es unterlassen und mich entsetzt angestarrt. Vielleicht mir sogar noch so einen derben Spruch reingedrückt, wie zum Beispiel: „Wenn ich eine Pantomime knutschen will, dann gehe ich in die City. Die bewegen sich nämlich auch nicht." Verletzte Eitelkeit nennt man das wahrscheinlich, aber Adrian scheint nicht im Geringsten daran zu denken, seine Handlung zu unterlassen.

Ganz klar nimmt Adrian Minas abwehrende Haltung wahr.

Wenn ich sie jetzt nicht dazu bekomme, meinen Kuss zu erwidern, dann wohl niemals. Oder liegt es an mir? Sie hat eventuell keinerlei Interesse an mir als Mann. Als Bodyguard während der Messe, ja, vielleicht sogar als Freund und irgendwann guten Freund. Gut gemacht! Soll ich meine Lippen lieber entfernen, ihr zuzwinkern, doof grinsen und sagen: „Hey Baby, kein Stress. War doch nur Spaß."

Ein kurzes Zucken und Adrian entfernt sich tatsächlich ein Stück weit von Minas Gesicht.

Er beobachtet ihren Mund so angestrengt, als wenn er Ali Baba höchstpersönlich wäre, der nach seinem Befehl nun darauf wartet, dass sich der Sesam endlich öffnet.

Im nächsten Augenblick teilen sich Minas Lippen und sie haucht ihren warmen Atem, den sie ziemlich lange angehalten hatte, aus.

Diesen Moment nutzt Adrian um ihr mit einem weiteren Ausdruck der Entschlossenheit in die dunklen, schimmernden Augen zu blicken.

Der nächste Griff umfasst Minas Nacken.

Sie will es so gerne leugnen, doch diese Berührung steigert ungemein ihr Verlangen und ihre Lust.

Tu das nicht! Denk an die möglichen Konsequenzen, warnt ihr Engelchen, doch sie hat sich bereits viel zu tief in Adrians Blick verloren.

Unbändiges Begehren schießt plötzlich durch Adrians und Minas Körper hindurch, gegen das beide nicht mehr länger ankämpfen können oder wollen.

Der folgende Kuss, der vor Leidenschaft brennt, sollte in die Geschichte eingehen.

Während die Zungen wild und forschend miteinander spielen, klammert sich Mina an seinen Schultern fest.

Sie spürt es in ihren Fingern, dass sie ihm dabei weh tut, doch sie kann es nicht ändern.

Immer mehr graben sich ihre Nägel durch den Stoff seines Shirts bis tief in seine Haut.

Wenn Mina zurückweichen will, um sich selbst Einhalt zu gebieten, ist es Adrian, der prompt reagiert.

Er greift fordernd in ihr langes Haar, presst seine Lippen und den Körper noch fester an sie und verhindert somit das Vorhaben eines Fluchtversuches.

Genauso hatte sich Mina am gestrigen Abend gefühlt.

Nicht in der Lage die Gedanken an Adrian zu verdrängen, atemlos nach Erlösung suchend und heute soll sie all das von ihm bekommen, wonach sie sich in ihren Träumen sehnte.

Ja, sie verzehrt sich in diesem Augenblick nach ihm. Hitze jagt durch ihre Adern und der Atem stockt erneut, als er ihren Körper mit sich in Richtung der Couch und auf seinen Schoß zieht.

Adrian denkt nicht eine Sekunde daran, die Vereinigung zu unterbrechen, deshalb tastet er sich mit der Hand an Minas Schenkel, über ihren Bauch entlang und schiebt ihr dabei den dünnen Pulli ein Stück weit nach oben, bis er vollständig darunter gleiten kann.

Durch den seidigen Stoff ihres BH´s kann er die hart gewordenen Knospen spüren, was ihn dazu veranlasst ein klein wenig seine Lippen von ihrem Mund zu lösen, damit ein nicht länger zu unterdrückendes Keuchen daraus entweichen kann.

Als Mina ihre erregte Mitte, durch die hautenge Leggings, wollüstig an seine in der Jeans befindliche Erektion presst und sich daran sogar in kreisförmigen Bewegungen zu reiben beginnt, wird daraus ungeahnt schnell ein lustvolles Stöhnen.

Die Klamotten müssen weg, schießt es Adrian durch den Kopf. Verdammt schnell, sonst kann er für gar nichts mehr garantieren, das schwört er in diesem Augenblick.

Erster Schweiß läuft Mina allein bei dieser Aktion den Rücken hinunter und schimmert sogar auf seiner Stirn.

Nachdem dieser Akt, der leider eine kurze Unterbrechung in ihrem Tun erforderte, erledigt ist, mustert Adrian sie, so nackt wie Eva für das Paradies erschaffen wurde, von oben bis unten. Gott! Was für ein Anblick.

Sanft streicht er Mina den Rücken hinunter, fährt mit den Fingerkuppen die Formung ihres Hinterns entlang und spürt dabei das Pochen seiner hochstehenden Lust gegen seinen Bauch hämmern.

Mina nimmt Adrians Gesicht zärtlich zwischen ihre Hände und lässt es dieses Mal von ihr aus geschehen, dass die Lippen sich teilen und die Zungen sich finden.

Ihre Hand umfasst jetzt vollends sein Glied.

Mit massierenden Bewegungen holt sie gekonnt eine Härte hervor, die Adrian in diesem Ausmaß noch nie erlebt hatte.

Allein die Vorstellung, zu was dieser Stab in ihrer Hand alles imstande ist mit ihr zu tun, lässt Minas Unterleib heftig zusammenzucken.

Ihre Augen weiten sich, als sie spürt wie Adrian damit beginnt ihre Vagina zu streicheln.

Seine Finger verschwinden erst langsam, dann immer schneller zwischen ihren Schamlippen.

Er muss es spüren, schießt es Mina durch den Kopf.

Oh ja, und wie Adrian die heiße Nässe zwischen ihren Beinen fühlen kann.

Allein, dass er sie an dieser empfindlichen Stelle jetzt mit der gesamten Handfläche liebkost, geht ihm durch Mark und Bein.

Mina so vor sich zu sehen, mit geschlossenen Augen, den Kopf weit in den Nacken geworfen, aufstöhnend weil sie kurz davor sein muss, das erste Mal heftig zu kommen, setzt in Adrian so viel Adrenalin frei, dass sein Körper und Geist nur noch eines wollen. Erlösung!

Schnell, hart und ungezügelt.

Er wird erst dann wieder aufhören, wenn er Mina wehrlos und ohnmächtig vor Lust in seinen Armen hält.

Höchste Zeit, um endlich über den Rand der Klippe zu springen.

Ohne Fallschirm und doppelten Boden.

Mina hat sich scheinbar ein wenig gefangen.

Sie lässt es noch nicht zu, dass er sie mit der Hand zum Kommen bringt. Will sich aufsparen für den ultimativen Akt.

Adrian spürt ihren heißen Atem und ihre Zunge, die an seiner Brust entlang weiter nach oben leckt.

Am rechten Ohr angekommen beginnt sie zärtlich daran zu knabbern und ihm fällt es schwer, durch das hauchende Stöhnen, auf ihre dazwischen gesprochenen Worte überhaupt achten zu können. Doch er hat es verstanden.

„Hast du was bei dir?"

Ja, sogar jede Menge, bediene dich einfach, fordert sein Denken. Die Antwort fällt erneut anders aus. „Ja. Habe ich. Ich weiß nur nicht so recht wie ich das erklären … ", will Adrian mit Griff an seine Jeans klarstellen, doch Mina legt ihm einen Finger sanft auf seine Lippen.

Nicht nur das, sondern ihre eigene Hand greift in die Gesäßtasche und zieht die flach gehaltene Packung, mit drei Kondomen darin, aus dieser heraus.

Am liebsten wäre Adrian vor Scham in tausend Teile zersplittert, er versucht zu atmen, was ihm zunächst nicht gelingt, denn spätestens jetzt muss sie denken, dass er allzeit bereit ist und …

Mina scheint seinen Aufruhr bemerkt zu haben.

Sie lächelt, während zwei ihrer zarten Finger das benötigte Teil zu fassen bekommen.

Die letzte Umhüllung packt sie ebenfalls so unglaublich perfekt aus. Ohne sich dabei auch nur die geringste Spur anmerken zu lassen, dass sie sehr wohl ein wenig verdutzt über das Vorhandensein in seiner Hose ist.

Auch im nächsten Augenblick weiß er beinahe nicht mehr, wie es um ihn geschieht.

Während Mina Adrian das Kondom überstreift, flüstert sie: „Hör zu, es ist mir scheißegal, okay?"

Bei diesem Satz pulsiert das Blut in seinen Ohren um einiges stärker, denn sie hat die Worte in solch einer gedämpften Tonlage ausgesprochen, die unter Garantie jeden Mann in den schieren Wahnsinn treiben würde.

Adrian fackelt nicht länger, sondern zieht Mina fest in seine Arme, küsst sie mehr als fordernd und drängt sie zurück auf die Couch.

Endlose Lust durchflutet ihre Körper.

Jetzt befindet sich Mina unter Adrian und er drückt sich mehr und mehr gegen ihren erwartungsvollen Schoß.

Das Kribbeln schießt ihr bis in die Fingerspitzen, als sie ihn an ihrem nassen Eingang spüren kann.

Adrian hält inne. Sieht ihr noch einmal in die Augen.

Streicht ihr sogar zärtlich mit der Hand über den Ansatz ihrer Haare, ehe er mit seinen Beinen Minas Schenkel ein ganzes Stück mehr spreizt.

Ein weiterer Kuss. Sie schließt die Augen.

Er taucht in sie ein. Stößt in sie. Füllt sie aus.

Es war so lange her, dass Mina sich fast zu eng fühlte.

„Verdammt, du bist so heiß", murmelt Adrian und kann dabei sein eigenes Stöhnen kaum mehr unterdrücken.

Als Mina sich unter ihm windet und sogar leise aufschreit, packt er ihre Handgelenke.

Sie hätte nicht für möglich gehalten, dass er noch tiefer in sie eindringen konnte, aber da er seine und ihre Position mit diesem Akt verändert hatte, ist Adrian jetzt in der Lage, ihre Lust mit seinen gezielten Bewegungen ins Unermessliche zu steigern.

Er wird schneller und die Stöße härter.

Mina beginnt langsam funkelnde Sterne zu sehen, während sie versucht genügend Luft durch ihr unablässiges Stöhnen in die Lungen zu befördern.

Adrian kann sich selbst in diesen Minuten kaum mehr bändigen, deshalb hat er das Gefühl Mina und ihren ebenfalls bebenden Körper, einfach nur festhalten zu müssen.

Ab dieser Sekunde gab es für beide kein Halten mehr. Sie hatten nicht nur Sex, nein, sie trieben es miteinander, als wären sie völlig von Sinnen.

Gefangene in einem Rausch von Ekstase, der niemals abzuflachen vermag.

Adrian vergräbt sein Gesicht an ihrem Hals, saugt den Duft ihrer Haut über seine Nase und die Lippen ein, stößt einen Aufschrei aus, der ihren Namen gleich mit beinhaltet, und beginnt in ihr zu zucken.

Minas Innerstes zieht sich synchron unter seinem enormen Druck zusammen und sie erlebt einen Höhepunkt, den sie sich im Leben noch nicht einmal imstande gewesen ist, solo zu verpassen. Treffer! Versenkt!

Plötzlich stößt Mina Adrian ruppig von sich.

So schnell, dass er gerade noch das Kondom am Rand zu fassen bekommt, damit die Sauerei hier nicht überall verteilt wird. Er entzieht sich ihr und lehnt sich fragend auf der Couch zurück.

Adrian versucht sie sogar anzulächeln, doch ihr Gesicht zeugt von großer Anspannung.

Schlimmer noch, Mina wirft ihm einen merkwürdigen Blick zu, ehe sie nach ihren Klamotten greift und damit kommentarlos ins Bad verschwindet.

Als sie die Türe hinter sich geschlossen hat, betrachtet sie ihr Gesicht lange im Spiegel.

Ihr Herz hämmert in der Brust und ihre Gedanken rasen. Was hatte sie getan?

Na, was wohl? Du hast dich von dem neuen Freund deiner Verlegerin flachlegen lassen. Wohlgemerkt beim ersten, noch dazu unbeabsichtigten Date in deiner Wohnung. Was glaubst du Mädchen wird er jetzt von dir denken? Schlampe? Für One-Night-Stands gerade gut genug? Eine schnelle Nummer für zwischendurch?

Mina schlüpft in ihre Unterwäsche. Dann lässt sie sich kaltes Wasser über die Handgelenke laufen. Abtrocknen.

Jetzt die Leggings und der Pulli. Haare kämen nicht vergessen, denn du siehst echt beschissen aus, so zerwühlt wie eine ... schon gut, lass es, mahnt sich Mina selbst. Sie hat verstanden. Adrian schließt gerade den obersten Knopf seiner Jeans, als sie zurück in den Wohnbereich kommt.

Er sagt nichts. Rein gar nichts.

Hätte er es getan, oder wäre womöglich noch auf Mina zugekommen, sie wäre eisern zurückgewichen.

Sie hat schon viel zu viel zugelassen und dafür wird sie sich auch ihr ganzes restliches Leben lang schämen.

Wie konnte sie nur all ihre Prinzipien nach ein paar Flottenmanövern über Bord werfen?

Schlimmer, sie hatte erlaubt, dass ein fremder Mann sie beim ersten Mal in ein Paradies der Lust schickte, dass sie niemals zuvor betreten oder gar gekannt hatte.

Es war phänomenal, zweifellos, doch so ist sie nicht.

„So bin ich nicht", richtet Mina kaum hörbar die Worte an Adrian.

„Ah, verstehe. Du möchtest wohl lieber wieder das brave, züchtige Mädchen sein, was?", fragt er mit einer Coolness in der Stimme, die so gar nicht zu ihm passt.

Wenn Adrian ehrlich zu sich ist, dann hatte er solch eine abgedroschene Art höchstens mal im Fernsehen, bei einem Möchtegern-Weiberhelden gesehen und diesen sogar umgehend verurteilt.

Komm schon, streng dich an! So darf das nicht enden, denn dafür war es viel zu intensiv.

Wieder redet sein Mund: „Hör zu Mina, ich bin genau so wenig immun gegen so etwas wie du und wahrscheinlich wie alle Frauen und Männer."

Bitte? Was hast du da gesagt? Wenn du dir jetzt eine einfängst, dann völlig zurecht. Halt die Klappe, Mann!

Adrians Geist rotiert, denn eigentlich reagiert er nur so dämlich, weil er Angst davor hat, dass sie es bereuen könnte. Interpretiert er tatsächlich zu viel?

Wie es scheint, ja, denn Mina wird jetzt richtig sauer. Sie schnappt sich sein Shirt vom Boden, kommt auf ihn zu, drückt es ihm gegen die nackte Brust und deutet mit dem Finger an die Türe. „Raus hier! Ich will dich nie wiedersehen! Verstanden?"

Adrian nickt provokant, lässt sich aber von ihr in Richtung der Türe drängen. „Hey, langsam. Niemand ist perfekt. Es wird sich kaum vermeiden lassen, dass wir uns sehen. Spätestens morgen auf der Messe ... "

Mina reißt die Klinke herunter und schiebt ihn ins Treppenhaus. Sie zwingt sich sogar ihm in die Augen zu sehen, nur damit er auch wirklich versteht, dass sie es bitterernst meinte. „Du bist gefeuert!"

Rums! Die Tür fällt vor Adrians Nase ins Schloss.

Da steht er nun.

Oberkörperfrei, verschwitzt, ..., Adrian blickt an sich herab, ... barfuß. Kurzum: Wie ein Idiot!

Soll er es wagen zu klopfen oder zu klingeln, um sich zu erkundigen, ob das Minas verdammter Ernst ist?

Nein, diese Blöße gibt er sich nicht.

Er beschließt in sein Shirt zu schlüpfen und sich auf den Weg nach unten zu begeben.

Hoffentlich kommt ihm keiner der Nachbarn in die Quere. Das wäre die Krönung dieser Nacht.

Vor dem Haus hört Adrian wie ein Fenster aufgerissen wird, deshalb blickt er nach oben.

Bestimmt ist es Mina, die ihn bittet wieder in die Wohnung zu kommen.

Sie ist es auch, allerdings nicht um nach irgendetwas zu bitten, denn bereits im nächsten Moment fliegt ein Schuh nach dem anderen zu Adrian herunter.

Er kann gerade noch rechtzeitig zur Seite hüpfen, um nicht von den Nikes getroffen zu werden.

Als letztes folgt seine Jacke.

Diese segelt deutlich langsamer in Richtung des Bodens.

Noch ehe Adrian etwas zu Mina hinaufrufen kann, ein ironisches: „Danke", vielleicht, wird das Fenster wieder geräuschvoll zugedrückt.

Auf seinem Nachhauseweg kommt Adrian kaum noch aus dem Kopfschütteln heraus.

Quälende Fragen, vor allem die Suche nach dem WARUM, durchfahren seine Gedanken wie Züge einen Bahnhof.

Das Signal wird erst auf Rot gestellt, als er vor der Haustüre keinen geringeren, als seinen besten Freund Pascal sitzen sieht.

Alles was er jetzt eigentlich will ist absolute Ruhe, doch was macht der mitten in der Nacht hier?

Das wird sich gleich klären, denn Pascal hat sich streckend von der untersten Treppenstufe erhoben. „Adrian, was bin ich froh, dass du noch auftauchst."

„Sorry Kumpel, aber was machst du hier und wieso rufst du nicht an? Ich meine, vielleicht wäre ich überhaupt nicht nach Hause gekommen."

Pascal tippt auf das Display seines Handys. „Alter, ich versuche dich seit über zwei Stunden zu erreichen. Ich habe meinen Schlüssel in der Arbeit liegenlassen. Da ist längst alles dicht und wie du weißt kommt meine Freundin erst nächste Woche wieder. Wo soll ich also deiner Meinung nach pennen? Im Hotel vielleicht?"

Von mir aus auf einer Parkbank, will Adrian genervt antworten, doch er entscheidet sich aufzusperren.

„Na dann. Komm rein."

Pascal macht es sich wie immer auf dem Sofa bequem, während Adrian im Kühlschrank nach zwei Flaschen Bier greift. Er überreicht eine an seinen Kumpel und lässt sich neben ihn sacken.

Der folgende Schluck ist so groß, dass Pascal aus dem Staunen gar nicht mehr raus kommt. „Leck mich fett, was ist denn mit dir los? Überhaupt wirkst du völlig daneben", er hält inne, zieht Luft ein, nur um lauthals seine Kombination loszuwerden. „Lass mich raten. Du warst bei Carmen, richtig? Deswegen hast du meine Anrufe und Mails nicht mitbekommen."

Adrian sieht Pascal böse an. „Nein, völlig falsch mein lieber Watson. Aber ist auch scheißegal, wo ich war, alles klar?"

Fassungslos über diese Antwort nimmt Pascal jetzt einen Schluck von seinem Bier. Er rülpst ungeniert.

„Wow, hier hat aber jemand verdammt schlechte Laune. Hey, ich bin dein Freund und wenn du nicht zwischenzeitlich von Aliens entführt wurdest, die Experimente an deinem Hirn und vielleicht anderen Körperregionen durchgeführt haben, dann sollte es an dieser Stelle in etwa so ablaufen, dass du mir erzählst was vorgefallen ist."

Adrian schließt die Augen und lehnt sich weit zurück.

Natürlich erwartet sein Freund das von ihm.

Würde er umgekehrt auch, doch was soll er erzählen, wenn er selbst nicht weiß wie ihm geschehen ist?

Mit der Zunge fährt sich Pascal über die oberen Zähne. Das tut er immer, wenn er neugierig ist.

Adrian fasst sich an die Stirn. „Ich war bei einer Frau und es lief nicht wie ich es mir erhofft hatte. Reicht das für dich als Erklärung?"

Was für eine blöde Frage. Selbstverständlich reicht das Pascal nicht. Nein, gleich geht es richtig los.

3 ... 2 ... 1 ... Action!

„Adrian Stein! Wir kennen uns seit der Grundschule und du warst noch nie in solch einem elenden Zustand. Es ist nicht so gelaufen? Wer ist die Auserwählte oder besser, was hat die Witch mit dir angestellt, dass ich dich nicht wiedererkenne?"

„Nenn sie nicht Hexe. Das ist sie nämlich nicht", murmelt Adrian in den Hals der Flasche.

Eigentlich ersetzt das Wort Witch in ihrer Freundschaft das böse Wort mit B am Anfang, doch Adrian kann in diesem Augenblick nicht darüber scherzen.

Mina ist weder das eine und schon gar nicht das andere und zum Lachen ist ihm momentan null zumute.

Pascal stellt seine Flasche auf dem Couchtisch ab und im nächsten Moment hat Adrian einen Schlag mit der flachen Hand im Nacken sitzen. „Jetzt ist alles zu spät, oder? Menschenskinder, wenn du noch nicht einmal unsere Witze erträgst, dann mach die Klappe auf, damit ich es, so ganz nebenbei, auch verstehen kann."

Adrian seufzt: „Ist ja schon gut. Ich war bei dieser Autorin, auf die ich momentan auf der Frankfurter Buchmesse Acht geben soll."

Grübelnd fast sich Pascal ans Kinn. „Ja, die hattest du gestern in unserem Chat erwähnt. Beziehungsweise mehr deinen Job als die Dame. Schön und gut und was ist da heute Abend gelaufen? Oh scheiße, jetzt kapier ich es. Es ist leider gar nichts gelaufen, was?"

Wieder nimmt Adrian einen großen Schluck. „Doch es ist was gelaufen, nur nicht so wie ich es mir eben vorgestellt hätte."

„Ups, hat sie vor dem finalen Akt etwa gekniffen?", fragt Pascal umgehend und sein Blick zeugt von Mitleid, gemischt mit grenzenloser Neugierde.

Du hast keine Ahnung. Wenn du wüsstest wie wir es miteinander ...

„Nein, sie hat nicht gekniffen. Ich würde sogar sagen, sie wollte es genauso sehr wie ich", lautet die ausgesprochene Antwort von Adrian.

Er kann sich noch immer keinen Reim darauf machen, warum urplötzlich solch eine derartige Überreaktion von Mina im direkten Anschluss folgen konnte, doch seine Ohren vernehmen bereits Pascals nächste Frage.

„Wenn du es wolltest und sie es auch wollte und ihr es anscheinend auch vollbracht habt, wo zur Hölle liegt dann das Problem?"

Adrian erhebt sich und stemmt die Hände in die Hüften.

„Wo das Problem liegt, fragst du? Ich sage dir, wo das Problem liegt. Sie hat mich danach rausgeworfen. So als hätte ich ihr wer weiß was schlimmes getan."

Mit offenem Mund starrt Pascal auf seinen aufgebrachten Freund. „Echt jetzt? Sie hat dich vor die Türe gesetzt? Einfach so? Mein lieber Scholli, mit dir möchte ich nicht tauschen, so viel steht fest."

Er schnappt sich seine Flasche vom Tisch, doch ehe er trinkt fügt er hinzu: „Ich würde sie abhaken. Ich meine sie hat dich vorgeführt. Tut mir echt leid, Kumpel. Jetzt weißt du wie es sich anfühlt benutzt zu werden."

Ausgenutzt ..., schießt es Adrian durch den Kopf.

Warum sollte sie das tun? Oh mein Gott, hatte sie nur Not und er war greifbar. Ihr Date hatte sie versetzt und ...

Nein, verdammte Scheiße! Hör mit dem Denken auf. Es war phänomenal. Sie hat sich unter dir gewunden und du hast dich in ihr verloren. Da war so viel mehr.

„Am liebsten würde ich ihr schreiben, sie anrufen, oder am besten gehe ich noch mal zu ihr, denn ...", erklärt Adrian, doch Pascal klatscht sich an die Stirn.

„Genau. Geh zu ihr und lass dir noch mal den Stempel „männliche Schlampe" aufdrücken. Ich bitte dich. Alter, denk nach! Sie wird ihre Gründe gehabt haben. Wenn es für sie mehr als eine schnelle Nummer gewesen wäre, dann wärst du noch bei ihr und nicht hier bei deinem besten Freund, der leider seinen Hintern auf der Arbeit vergessen würde, wäre dieser nicht fest am Körper angewachsen."

Allzu gerne will Adrian mit der Faust ausholen, doch genau danach sieht seine eigene Erklärung leider aus. Männliche Schlampe. Wow! Toller Aufstieg nach dem Fall Carmen. Bravo. Du machst richtig was aus dir.

„Pascal hör zu, das letzte was ich gebrauchen kann, ist deine Art der Aufmunterung. Und glaub mir, wenn ich dir versichere, dass Mina anders ist."

Pascal streckt eine Hand in die Luft. „Du sprichst aber nicht zufällig von Mina Winter, der Thriller-Autorin?"

Adrian wirkt verdutzt. „Doch, um sie handelt es sich."

Mit schüttelndem Kopf und erhobener Augenbraue lacht Pascal laut auf. „Das darf nicht wahr sein. Seit Tagen liegt mir Janine in den Ohren, dass sie sich unbedingt den vierten Teil der Reihe, von genau dieser Schreiberin, zulegen muss. Auf ihrem Nachtkästchen liegen die drei anderen Schinken verteilt und ich hatte sogar schon überlegt ihr eine Freude zu machen, indem ich ihr den letzten Teil kaufe und sie überrasche. Als Willkommen-zurück-Geschenk."

„Janine liest Bücher?", schießt es aus Adrian ungläubig heraus. Er schätzt die neue Freundin, die Pascal seit einigen Wochen am Start hat, nicht gerade als Intelligenzbestie ein. Dumm fickt gut, hatte er mal zu seinem Kumpel, aus einem Spaß heraus, gesagt. Jetzt bereut er diese Worte zutiefst, denn Mina ist heute der absolute Burner für ihn gewesen. Das spürt er allein beim Gedanken daran, noch klar und deutlich. Dumm ist sie deshalb in keiner Hinsicht, nein, sie ist schlau. So schlau, um ihn in die Schranken zu weisen und seine gesamte Männlichkeit, wenn es sein muss, gnadenlos zu versenken.

„Ja, das tut sie", beantwortet Pascal und fügt hinzu:

„Für mich nur gut, weil wenn sie zu lange im Bad braucht, habe ich durchaus schon mal auf die Rückseite des Buches, beziehungsweise auf Mina Winter geschielt, um mich in Stimmung … "

Adrian hat seinen Freund am Arm gepackt und drückt zu.

„Sprich bloß nicht weiter oder ich liefere dich persönlich, in weniger als fünf Minuten, in der Notaufnahme ab, davon kannst du ausgehen, mein Freund."

Ruppig entzieht Pascal den Arm. „Ist ja schon gut. Ich habe verstanden, dass du dir allen Anschein nach völlig den Kopf verdreht hast. Aber was willst du jetzt tun?

Du kannst nicht über ihre Gefühle zu dir entscheiden."

Mit fest zusammengepressten Lippen denkt Adrian kurz über die Worte nach.

Wenn etwas verdreht ist, muss man es geraderücken. Versuchen es zu verstehen. Minas Kopf. Wie könnte ich den besser analysieren, als darin zu lesen?

„Pascal, tut mir leid. Ich weiß ich bin kein leichter Freund heute Abend. Kannst du mir trotzdem einen Gefallen tun?"

„Klar! Nur fokussiere deine Wut auf jemand oder etwas anderes und lass mich in einem Stück, wenn es machbar ist", stellt Pascal eingeschnappt klar.

„Geht klar. Aber bitte bring mir morgen nach der Arbeit die drei Bücher von Janine zum Lesen vorbei, okay?"

„Ähm …, ich weiß nicht. "

„Tu es einfach. Für mich, ja. Ich verspreche sie wird nichts merken. Ich sabbere nicht, mache keine Knicke rein und ich beeile mich, versprochen", beteuert Adrian.

Pascal legt die Füße hoch und verschränkt die Arme hinter dem Kopf. „Ja, das kann ich für dich machen."

„Perfekt. Danke."

„Ich meine, ich werde Janine trotzdem vorher anrufen und es mit ihr abklären. Hat nichts mit dir oder unserer Freundschaft zu tun, aber es ist nun mal nicht meine Entscheidung", erläutert Pascal hinterher.

Adrian bekommt große Augen. Darin liegt die Lösung.

Nicht seine Entscheidung. Bingo!

Es ist auch nicht an Mina zu entscheiden, ob er gefeuert ist. Das bedeutet er kann morgen normal zur Arbeit erscheinen, ob es dem Fräulein Winter passt, oder nicht, denn Fee hat ihn eingestellt und mit ihr wurde der Vertrag geschlossen.

Was aber wenn Mina ihrer Verlegerin davon erzählt? Dieses Risiko muss er wohl oder übel eingehen.

„Ja, tu das. Ich denke ich werde morgen Abend gegen neunzehn Uhr wieder hier sein. Jetzt möchte ich gerne ein paar Stunden schlafen, wenn es recht ist. Du kennst dich aus und das Sofa ist ganz dein. Ach, und Pascal, bitte vergiss nicht das Bad so zu hinterlassen, wie du es vorgefunden hast und zieh verdammt noch mal die Türe in der Früh richtig zu, wenn du das Haus verlässt.“

Manchmal muss man mit Pascal reden, wie mit einem Teenager.

Zumindest funktioniert das bei ihm.

BUCHMESSE: Tag 3

An diesem Morgen braucht Mina keinen Wecker, denn sie hatte in dieser Nacht kein Auge zugetan.

Während sie sich unter der Dusche ihre Haare wäscht, denkt sie an Adrian. Die Gedanken lassen sie ohnehin keine Minute lang in Ruhe, noch nicht einmal während des Zähneputzens.

Nach dem Schminken betrachtet sie ihr Gesicht im Spiegel. Ach herrje, du solltest so überhaupt nicht unter die Leute gehen. Jeder wird denken, du hättest dich trotz einer Erkältung mit deinem Hintern auf die Messe geschwungen, so rot wie deine Augen unterlaufen sind.

Zumindest erfüllt der Abdeckstift seinen Zweck und kaschiert die, vom Weinen angeschwollenen Tränensäcke.

Ja, sie hatte sich die ganze Nacht, nachdem sie Adrian vor die Türe geworfen hatte, die Augen ausgeweint.

Der Gedanke, dass sie nur eine schnelle Nummer für ihn gewesen ist, spukt ihr unablässig durch den Kopf.

Der beste Weg, um an eine Frau heranzukommen, führt meist über Komplimente. Adrian hatte ihr nicht ein einziges gemacht und trotzdem ist sie ihm mit Haut und Haaren verfallen. Sie hatte alles vergessen. Sich, Fee.

Beim genaueren Betrachten kommt Mina zu dem Schluss, dass sie zwar fix und fertig aussieht, es aber mit den vergangenen, stressigen Tagen, erklären kann.

Jetzt nur noch schnell anziehen. Das Handy checken.

Keine Nachricht von Fee.

Wird er ihr die Sache überhaupt gestehen? Was wird er sagen, um nicht in der Halle auftauchen zu müssen.

Was wird Fee von ihr halten, wenn sie erfährt, dass ...

Oder ist Adrian nach dem Rauswurf zu Fee gefahren ...

Stopp! Mina fasst sich an die Schläfen.

Es ist zu viel.

Augen zu und durch! Du hast es dir eingebrockt, jetzt löffle die Suppe mit allen Konsequenzen wieder aus.

Minuten später schnappt sie sich ihre Handtasche und entscheidet sich an der Garderobe noch blitzschnell für ihren flauschigen Schal, indem sie ihre Nase und ihre Wangen vor der Kälte des Morgens schützen kann.

Die Türe fällt ins Schloss.

Der Schlüssel dreht sich exakt zweimal.

Dann verlässt sie das Haus.

Auf der Messe selbst herrscht bereits reges Treiben, denn heute ist der letzte Tag für die Presse.

Morgen wird es noch viel bunter zugehen, denn da kommt endlich das Publikum, dem die Autoren am meisten entgegenfiebern. Die Leser.

Was wären wir nur ohne diese wundervollen Menschen, denkt Mina, während ihr Weg sie durch die verzweigten Gänge führt.

Nur noch um die nächste Ecke herum und sie wird den Stand erreichen. Dort trifft sie unweigerlich auf Tom, Katrin und natürlich Fee.

Weiß letzte Bescheid? Falls ja, dann hätte sich ihre Verlegerin mit Sicherheit bei ihr gemeldet.

Wenn Fee allerdings noch ahnungslos ist, wie soll Mina dann das erklärende Gespräch, warum Adrian nicht anwesend ist und es auch nie mehr sein wird, beginnen?

Offen und ehrlich heraus? Dass es ihr leidtut, …

Obwohl das schlechte Gewissen Mina zu überfluten droht, bleibt sie wenige Meter vor dem Stand abrupt stehen.

Sie kann ihren Augen in diesem Moment kaum trauen.

Das ist ein Witz! Ein schlechter obendrein.

Okay, Leute! Wo sind die versteckten Kameras? Oder besser gesagt, kneift mich mal jemand, damit ich in meinem Bett aufwache, in dem ich heute Nacht noch nicht einmal geschlafen hatte. Das muss ein Traum sein.

Wenn das echt ist, dann herzlich Willkommen in einem Albtraum!

„Thriller ist ein gutes Genre auf dem Markt, ich sollte mich viel mehr mit dieser Art von Literatur befassen."

Mina vernimmt die Worte von Adrian, die er lachend vor Fee sitzend zum Besten gibt.

„Der Markt ist groß und man kann sich in nahezu jedem Genre verlieren. Genau das ist der Grund, warum ich mich auf kein spezielles bei der Gründung von SUNSHINE-BOOKS festlegen wollte", lautet Fees überzeugte Antwort, ehe sie die Beine unterhalb des kleinen Tisches übereinanderschlägt.

Dieser miese Verräter, schießt es Mina durch den Kopf.

Wegrennen geht nicht mehr. Also muss sie sich zwingen einen Fuß vor den anderen zu setzen.

Nach weiteren Sekundenbruchteilen hat Fee sie ins Auge gefasst. „Mina, wie schön. Adrian und ich unterhalten uns ein wenig, über unser Buchsortiment. Setz dich doch und trink erst mal einen Kaffee mit uns. Ist verdammt kalt heute Morgen, was?"

Sie ist freundlich, redet über Belanglosigkeiten.

Ist das Taktik? Die Ruhe vor dem Sturm?

Soll Mina sich deswegen zu ihnen setzen, damit sie zu dritt darüber sprechen können?

Wie es scheint, hatte Adrian Fee ohnehin schon genug bezirzt, als dass sie auch nur den Hauch von Schuld bei ihm suchen würde.

Das hier wird deine Verhandlung und das Urteil lautet von Beginn an: SCHULDIG!

Mina versucht ihren Kopf zu ignorieren und nimmt den Schal ab. „Guten Morgen. Ja, ich hätte auch nicht gedacht, dass es so kalt sein wird."

Adrian ist aufgestanden. Sein Weg führt ihn in die kleine Nische vor den Kaffeeautomaten. „Auch einen?"
Er stellt seine Tasse darunter und eine zweite daneben. Dann betätigt er den Startknopf.
Dass diese Frage an sie gerichtet war, weiß Mina auch ohne, dass er sie dabei angesehen hatte.
Sie streift ihre Jacke ab. „Ja. Danke."
Am Tisch hingegen sieht Fee sie strahlend an. „Sehr gut gemacht! Das war schon richtig professionell."
Liebe Zeit! Unterschwelliger kann man es wohl kaum ausdrücken. So braucht Fee nun auch wieder nicht mit ihr reden. Noch dazu in seinem Beisein.
Mina faltet ihre kühlen Hände am Tisch, so wie sie es in ihrer Wohnung getan hatte, dann räuspert sie sich: „Hör zu Fee, ich weiß, dass es nicht in Ordnung war."
Sie hält den Atem an und ihre Augen füllen sich erneut mit Tränen. Ist nicht schwer, wenn diese ohnehin von der ganzen Heulerei mehr als gereizt sind. „Es tut mir schrecklich leid. Wenn ich nur wüsste, wie ich es … "
Fee unterbricht: „Hey Süße, nicht weinen. Ich weiß, die vergangenen Tage waren stressig und die Interviews, trotz aller Vorbereitung, nicht immer leicht. Das was ich sagte, meine ich auch so. Es war ein Kompliment. Du hast dich souverän geschlagen und die abgedruckten Seiten, in den online Messeberichten, können sich sehenlassen."
Interviews? … Na, toll. Das meinte ihre Freundin mit: „Sehr gut gemacht!"
Am liebsten würde Mina, vor lauter Erleichterung in schallendes Gelächter ausbrechen, doch sie will nicht noch mehr die Fassung verlieren.
Als Adrian ihr die Tasse genau vor die Nase stellt, spricht Fee weiter: „Ich hoffe, du kämpfst nicht wieder mit Selbstzweifeln?"

Mina wischt sich mit dem Finger eine Träne von der Wange und hofft, dass das aufgetragene Make-up diesem Unterfangen standhalten wird. „Vielleicht ein kleines bisschen. Danke, dass du zufrieden bist."

Fee lacht auf und greift zu ihrem Kaffee. Dann sieht sie zu Adrian. „Ist Mina nicht wundervoll? Da bedankt sich meine Autorin, dass sie großartige Arbeit geleistet hat. Das gibt es kein zweites Mal."

Wenn du wüsstest, wie wundervoll sie ist, denkt Adrian, doch er enthält sich jeden Kommentars. Er lächelt.

Seit heute Morgen arbeitete er selbst an dem Problem, was ihn erwarten wird, wenn er zur Arbeit erscheint.

Jetzt stellt er fest, dass Mina sich, zumindest vor ihrer Verlegerin, nicht wie eine aufgescheuchte Furie verhält. Wie sollte sie das auch erklären können, denn schließlich hatte er ihr nichts getan. Im Gegenteil.

„Noch etwas. Hattest du letzte Nacht ein heißes Date?", fragt plötzlich Fee und sie kann in diesem Augenblick nicht wissen, dass sie damit ihre beiden Tischnachbarn synchron in eine Art Schockstarre verfallen lässt.

„Ich schätze mal, nein, denn sonst wüssten wir doch sicher als erste was davon, nicht wahr? Mina?", prustet Tom laut los, der mit Katrin im Arm dazugekommen ist. Er setzt nach: „Du bist bestimmt so sehr mit dem Schreiben beschäftigt, dass Bettgeschichten von dir anspruchsloser behandelt werden, als wir es annehmen."

„So wird es sein", bestätigt Mina ironisch und wirft Tom dabei einen listigen Blick zu.

„Wirklich? Woher willst du das so genau wissen?", fragt Katrin, während sie Tom ihren Ellenbogen in die Rippen stößt.

Adrian wirkt interessiert, doch gleichzeitig ist er enttäuscht, dass sie noch nicht soweit in ihrer Beziehung sind, dass er hätte aufstehen können, um Tom eine gewaltige Rechte, für das Geschwätz zu verbraten.

Ob nach letzter Nacht an ein Weitergehen zu denken ist, das ist reine Spekulation.

Fee sieht auf ihr Smartphone und springt auf.

„Leute! Los, los! Noch fünfzehn Minuten, dann öffnen sich die Türen. Ihr habt hoffentlich alle meine E-Mail von gestern Abend erhalten. Ihr kennt den Tagesablauf."

Adrian und Mina sehen sich flüchtig an.

Kurz darauf verschwindet jeder in eine andere Ecke des Standes, doch beide tun exakt dasselbe: Postfach checken!

Die Tatsache, dass an diesem Tag noch so einige Termine anstehen, macht es Mina nicht leichter.

Nun ja, zumindest bei ihrem Look kann sie von Zeit zu Zeit mit einer neuen Schicht Puder nachhelfen, doch was ihre Gedanken betrifft, da hilft keine Retusche.

Sie muss sich damit abfinden, dass sie von diesen fiesen Dämonen an die Hand genommen und begleitet wird.

Sich maßlos darüber ärgern, trifft es exakter.

Nein, mahnt Minas Kopf, nicht ich bin schuld, dass es dir so geht, sondern einzig und allein dieser Adrian ist Luzifer höchstpersönlich. Entstiegen aus den Flammen der Hölle, um in deinen Körper einzudringen ...

Mina unterbricht ihr Denken mit einem kaum hörbaren Selbstgespräch: „Komm mal von deinem Trip runter und überhaupt was denkst du dir da bloß?"

Doch ihr Kopf fährt ungefragt fort und macht ihr weiß, dass sie gestern ein Abenteuer gesucht hatte. Sie hatte Adrian angemacht und ihn zu sich hereingebeten ...

„Geht das schon wieder los? Ich wollte nur höflich sein und ihn abhalten ... ", rechtfertigt Mina ihr handeln.

Doch ihr Kopf übernimmt abermals: Wenn er der Fürst der Finsternis und somit aus den dunkelsten Schatten emporgestiegen ist, warum hast du ihn dann, wie man es eigentlich bei einem Vampir tut, hereingebeten? Nicht nur in die Wohnung, sondern in dein tiefstes Inneres? Er hat dich nicht gezwungen, sondern du konntest es kaum mehr erwarten, dass er deinem Leib seinen Samen spendet.

Kopfschüttelnd stampft Mina mit dem Fuß auf. „Wir haben ein Kondom benutzt und überhaupt ist er es gewesen, der mich unerwartet geküsst und fest an sich gedrückt hat."

„Entschuldigung, was sagtest du?", fragt Katrin, die neben Mina getreten ist.

In der Hand hält sie ein aufgeschlagenes Buch, dass eine Journalistin gerne für ihre Tochter signiert haben möchte.

„Ich? Ich, also ... genau, ich sagte, verrückt was Fee sich für den heutigen Tag alles ausgedacht hat", erklärt Mina bewusst betont, damit es echt wirkt.

Katrin nickt. „Ja, zum Teil ist sie sehr übereifrig. Aber ich will mich auch nicht zu laut beschweren."

Beide Frauen kichern.

Mina nimmt das Buch an sich. Sie greift nach dem Stift, den Katrin ebenfalls bereithält. „Name?"

„Bianka, mit k statt mit c", lautet die Antwort.

Unablässig beobachtet Adrian aus einiger Entfernung das Geschehen. Er weiß, dass er Mina gestern Abend gefolgt ist, um zu sehen, ob dort irgendjemand ist, der auf sie wartete. Nicht aber mit der Absicht, dass er kurze Zeit später mit ihr im Bett, beziehungsweise auf der Couch, landet.

Hatte er danach etwas Falsches gesagt? Hätte er stur bleiben sollen, zumindest solange, bis sie ihm eine Erklärung für ihr plötzliches Verhalten gegeben hatte?

In seinem Kopf beginnen die Blickwinkel zu kreisen.

Er grübelt weiter, doch seine Augen bleiben immer wieder auf ihrem wunderschönen Mund hängen.

Wenn Mina mit Katrin spricht kann er zwar aus seiner Position kein einziges Wort verstehen, doch er kann die Wärme und Weichheit ihrer Lippen sofort wieder auf seinen eigenen spüren.

Die gestrige Einlage stillte keineswegs die Sehnsucht, die man nach körperlicher Nähe, beim Anblick einer reizenden Frau, empfindet. Nein, bei Mina werden Adrians Gedanken pausenlos damit überschüttet.

Er wollte sie und er will sie auch jetzt.

Nur wie soll er das anstellen? Noch dazu unwissend, wo das verdammte Problem liegt.

Die Devise lautet: Zunächst die indirekte Methode bevorzugen und es aus ihrem Verhalten analysieren.

Viel Zeit zum Grübeln bleibt nicht, denn die ersten Reporter drängen sich bereits an den Stand.

Einige der Fragen gelten heute allerdings nicht Mina, sondern Fee. Mit Sicherheit will sie ihren Verlag noch mehr in den Fokus der Öffentlichkeit bringen.

Hatte sie den folgenden langweiligen Tratsch über Bücher, Autoren und Kollegen auch vorbereitet?

Gewiss, denn Fee überlässt lieber nichts dem Zufall.

Auf Adrian wirkt sie, samt ihrer Gestikulation, wie eine Oberlehrerin mit dicker Brille und streng gehaltenem Dutt. Das Empfinden sicher einige der männlichen Reporter unheimlich sexy und tippeln deshalb auch nervös von einem Fuß auf den anderen hin und her.

Ihn lässt das völlig kalt, denn wenn sein Blick zu Mina schweift, dann scheint es so, als hätten Zeit und Raum plötzlich an Bedeutung verloren.

Sie ist leger gekleidet, ihr langes Haar schmiegt sich an den Rücken, jede ihrer Bewegungen ist feminin und wenn sie sich Strähnen hinters Ohr streift, dann ...

„Nicht sonderlich interessant heute, was?" fragt Tom, der sich mit verschränkten Armen neben Adrian gesellt.

„Nein", lautet Adrians Antwort und er fügt spekulativ hinzu: „Solltest du nicht auf dem Stuhl vor dem Regal sitzen?"

Tom deutet auf einen Mann in blauer Kleidung, der sich anscheinend handwerklich an dem Stützbalken zu schaffen macht. „Ja, aber zum Glück wird sich dieser Zustand gleich ändern. Mir tut schon der Allerwerteste weh, von der ganzen Sitzerei, das kann ich dir sagen."

Adrians Augen funkeln. Wie konnte er den Typen in der Ecke nur übersehen? Wenn das der Stalker wäre, dann hätte er schlampige Arbeit geleistet.

Ihm schießt bei seinem Denken ebenfalls in den Sinn, dass er anscheinend doch eine männliche Schlampe ist.

Anders formuliert ergibt das sogar Sinn.

Du wirst deine Arbeit ab jetzt viel gewissenhafter ausführen. Punkt! Aus! Basta!

„Entschuldige Tom, aber ich habe zu arbeiten", stellt Adrian klar, ehe er sich auf den Weg zu dem Blaukittel macht.

Als er vor diesem zum Stehen kommt, kann er eine gepfiffene Melodie hören und dessen Hand dabei beobachten, wie eine Schraube mit Hilfe eines Drehers tief in das Holz verschraubt wird.

Nachdem diese Prozedur vollbracht ist, fragt Adrian neugierig: „Wird das auch ganz sicher halten?"

Der Mann wendet sich um und sieht nach oben. „Was ist heutzutage schon sicher? Aber ja, ich denke, das sollte halten."

Du fragst dich, was noch sicher ist? Erster Hinweis auf die mögliche Masche eines Psychopathen, denkt Adrian.

„Sollten Sie dabei nicht lieber auf Nummer sicher gehen? Ich meine, es hängt viel dran. Leute könnten in Gefahr geraten und …"

Der Blaumann stützt eine Hand auf seinen Oberschenkel und erhebt sich. „Hören Sie, ich mache hier nur meine Arbeit. Ob das Ding dann seinen Zweck so erfüllt, als wäre es nagelneu, kann ich nicht gewährleisten."

Adrian wird sauer. „Ach, wirklich nicht? Jetzt hören Sie mir mal genau zu. Meine Arbeit ist es, hier für die Sicherheit zu sorgen und da brauche ich mir Ihre WIRD-SCHON-GUT-GEHEN Theorie, nicht reinziehen."

„Tja, das werden Sie wohl müssen", gibt der Handwerker gelangweilt zu verstehen.

Wenn nötig eine weitere Schraube einzudrehen, damit es zu hundert Prozent sicher wird, ist das denn zu viel verlangt, schießt es Adrian durch den Kopf.

Nicht mit mir mein Freund. Nicht heute!

„Ich muss überhaupt nichts, aber Sie gewährleisten, dass die Bücherwand stabil bleibt. Von mir aus nicht nagelneu, aber nach ihrem Eingriff, noch in hundert Jahren. Vorher gehen Sie nirgendwohin. Verstanden?"

Die blassen Sommersprossen auf der Stirn des Blaumanns treten augenblicklich mehr hervor, da sich in seinem Gesicht nach diesen Worten eine gewisse Wut abzeichnet.

Er macht einen großen Schritt auf Adrian zu. „Was, wenn doch? Und genau das tue ich jetzt auch. Ich nehme meine Zeug und verschwinde. Auf mich warten viele Aufträge. Verstehst du das?"

Jetzt hatte er die Grenze überschritten und ihn wie einen Freund geduzt. Adrian krempelt die Ärmel hoch.

Diese herausfordernde Geste führt dazu, dass der Mann Adrian lauthals beschimpft.

Fee, die das Geschehen schon seit Anbeginn, aus dem Augenwinkel beobachtet hatte, entschuldigt sich bei dem Reporter-Team, das längst die Aufmerksamkeit von ihr abgewandt hatte, um selbst etwas von dem gleich beginnenden Spektakel mitzubekommen.

Sie tritt zwischen die aufgebrachten Streithähne. „Meine Herren, ich darf doch sehr bitten!"

Der Blaukittel brüstet sich: „Der da hat angefangen!"

Fee zieht Adrian ein Stück weit mit sich. „Ich bin schockiert", doch ihre Tonlage beweist das Gegenteil.

Sie fährt fort: „Ich weiß nicht, was dein Auftritt bezwecken soll, dazu kenne ich dich nicht gut genug, aber ich habe den Eindruck, als nimmst du deine Arbeit ein klein wenig zu ernst. Kann das sein?"

Adrian will etwas entgegnen, sich erklären, doch sein Hals ist wie zugeschnürt. Besser so, denn er will es in keinem Fall auf einen Rauswurf ankommen lassen.

Wieder spricht Fee: „Beruhige dich erst mal."

Zu dem Handwerker gewendet sagt sie: „Wir haben alle unsere Probleme, nicht wahr? Sie können mir die Rechnung in den Verlag schicken. Danke."

Überraschend schnell nickt der Kerl und verschwindet um die nächste Ecke.

Fee mustert Adrian mahnend, doch von Minas Position sieht es so aus, als wolle sie ihn jeden Moment küssen.

Ihr Magen verkrampft und sie weiß nicht, ob sie das überstehen kann, ohne sich an Ort und Stelle übergeben zu müssen.

Die folgenden Worte von Fee an Adrian kann Mina nicht verstehen. „Ist alles in Ordnung? Wird es gehen?"

„Ja, alles bestens. Kommt nicht wieder vor", beteuert Adrian und seine Haltung wirkt wie ein Holzklotz.

„Wirklich?", hakt Fee nach und aus dem folgenden Händedruck wird eine spontane Umarmung, bei der sich Adrians Körper noch mehr versteift.

Alle seine Sinne sträuben sich gegen diese Geste.

Mina hingegen traut ihren Augen nicht, weshalb sie, um das Schlimmste nicht sehen zu müssen, sich abwendet. Das ungute Gefühl steigt unaufhaltsam ihre Kehle empor.

Sie muss stark husten. Hofft es damit zu unterdrücken.

Katrin ist hinter Mina getreten und klopft ihr kräftig auf den Rücken. „Geht es?"

„Ja, danke. Es geht schon wieder", doch das ist gelogen.

Der Gedanke, ob sie den Kuss der beiden verpasst hatte und überhaupt die Umarmung, klaffen in ihrem Inneren, als wäre eine tiefe Wunde aufgeplatzt. Noch dazu schwören diese Bilder ein Gefühl in ihr herauf, das sie vorher noch nicht in diesem Ausmaß kannte. Eifersucht!

„Dann ist es ja gut. Oh, und Mina vergiss nicht, gleich ist Lesung", erinnert Katrin munter.

Wäre sie doch heute nur zuhause geblieben, denkt Mina, die sich nicht vorstellen kann, wie sie das alles heute noch über die Bühne bringen soll.

Den Kindern zuliebe wirst du es schaffen, denn die können nichts dafür, dass dieser Adrian so ein elender Typ eines Mannes ist. Nein, die möchten lediglich ins Reich der Fantasie abtauchen, klärt ihr Gewissen.

Resigniert zieht Mina den Nachmittag durch und so kommt es, dass auch der Abend nicht lange auf sich warten lässt. Der Tag ist überstanden.

Mehr schlecht wie recht, doch das ist egal.

Nur noch die Jacke schnappen, sich verabschieden und dann ab nach Hause. Ein heißes Bad kann Wunder ...

„Mina, kann ich dich bitte kurz sprechen?"

Beim Blick in Adrians Augen entsteht eine ungewollte Pause, doch die Irritation schlägt zu Minas Vorteil in Wut um. Wie konnte er es wagen, sie überhaupt noch anzusprechen?

„Was gibt es? Mach schnell, denn ich muss los."

Die restlichen Stunden hatte Adrian mit sich gerungen, überhaupt ein Gespräch zu suchen und wie befürchtet zeugen Minas Worte nicht von purer Begeisterung.

Adrian stammelt: „Das mit gestern ... also alles, was ich sagen will ist ..., versteh mich nicht falsch ... "

„Schon in Ordnung", unterbricht Mina.

In Ordnung? Was meint sie damit? Adrians Stimmung gerät ins Wanken. Sollte nicht sie diejenige sein, die sich an dieser Stelle vielleicht zu einer Entschuldigung durchringt. Eine Erklärung obendrein wäre der Jackpot, doch das verlangt er ja noch nicht einmal.

Für Mina ist es also in Ordnung. Sie hatte ihn, wie Pascal es so nett zum Ausdruck brachte, benutzt. Ende!

„Das hier ist mein Job und auch wenn du meintest, ich wäre gefeuert, musste ich trotzdem auf der Arbeit erscheinen, denn Fee ... "

Oh mein Gott! Will er ihr schon wieder mit seiner heißgeliebten Fee daherkommen? Sie muss hier raus, denn es kann nicht sein, dass Adrian sich jetzt auch noch ausgerechnet bei ihr wegen seines schlechten Gewissens ausheulen will. Würde er Fee so verfallen sein, warum musste er dann mit ihr ...

Bevor Mina weiterdenken kann, zischt sie verächtlich: „Mach dir keine Sorgen. Wir ziehen die restlichen zwei Tage einfach durch, so als wäre nie etwas geschehen. Recht so?"

Ob es mir recht ist, fragt sie? Nicht ihr verdammter Ernst. So einfach mache ich es dir in gar keinem Fall.

Weil einfach ...

„So einfach ist das nun mal nicht. Ich meine, willst du wirklich so tun, als wäre da zwischen uns nichts geschehen? Kannst du das?", fragt Adrian mit einem Anflug von Nervosität in der Stimme.

Mina glaubt sich verhört zu haben. „Ob ich das kann? Wie du siehst, kann ich es und wie ich gesehen habe, du auch. Also warum ein unnötiges Drama daraus machen?"

Adrian versteht die Rollenverteilung in diesem Spiel nicht, denn sonst liegt es an den Männern, die Frauen darum zu bitten, aus einer Mücke keinen Elefanten zu machen. Außerdem wollte er ihr in keinem Fall aufzählen, wie es sich angefühlt hat, oder noch immer tut, wenn man grundlos rausgeworfen und so abwertend behandelt wird. Wie ein Stück Fleisch, das ausgesucht, gekauft, gekocht, aber niemals gegessen wird.

Genauso wenig, wie das Fleisch in den Magen findet, wird er imstande sein, einen Weg in Minas Innerstes zu finden. Nicht sexuell, denn den Eingang hatte er bereits gefunden, nein, auf der Ebene von Gefühlen.

Dieses Denken bestätigt Adrians Verdacht.

Hier liegt eindeutig ein klassischer Fall von verkehrter Rollenverteilung vor.

Muss er erst zum Arschloch mutieren, damit sie ihm mehr Aufmerksamkeit schenkt? Bitte schön!

„Du hast recht. Kein Drama. Ich wollte nur höflich sein", schießt es aus Adrian lässig heraus.

Mina wünscht sich, dass ihre Ohren in diesem Augenblick nicht hingehört hätten. Jetzt ist die Katze aus dem Sack! Er wollte sich die ganze Zeit nur vergewissern, dass es für sie nichts bedeutet hat. Damit er frei von jeglichen Schuldgefühlen gegenüber Fee sein kann.

Ihr Seufzen klingt übertrieben laut: „Dann wäre das ja geklärt."

Was Adrian nachsetzt bereut er bereits in der nächsten Sekunde zutiefst, doch er kann seine Eitelkeit nicht länger zurückhalten.

„Ja, ist es. Ach, und Mina, du solltest wirklich einen netten Freund finden. Einer der zu dir und deinem Leben passt. Das wünsche ich dir. Wobei ich mir nur leider nicht ganz vorstellen kann, wie daraus etwas werden soll. Die meisten Männer mögen es nicht sonderlich, wenn die Frauen klüger sind, oder sich in ihrer Arbeit verlieren. Vielleicht solltest du dir diesen Rat zu Herzen nehmen."

Fassungslos starrt Mina ihm mitten ins Gesicht.

Was hat er da vom Stapel gelassen? Will er damit etwa sagen, dass er die Ausnahme der Ausnahmen ist und Fee sich glücklich schätzen kann, in ihrer Position als Verlagschefin, ihn gefunden zu haben? Dass er es sogar duldet, dass die Frau einen gewissen Rang in der Gesellschaft hat? Es reicht! Das Maß ist voll.

„Das werde ich. Danke."

So leicht lässt sie sich solch einen derartigen Seitenhieb gefallen? Er scheint ihr nicht das geringste Wert zu sein, denkt Adrian, doch wieder bewegen sich Minas Lippen. Was sagt sie da?

„Frauen in meinen Positionen oder höher werden schon noch den richtigen finden, doch wir mögen es nicht sonderlich, wenn ..., Mina macht eine Pause und schnaubt lange durch, „... die Männer an unserer Seite nicht richtig auf sich achten."

Adrians Gesichtszüge entgleisen. „Mina, entschuldige bitte ja, aber ich achte auf mich."

Er meinte seine Aussage auf das Zusammenleben und die finanziellen Mittel bezogen, doch sie hingegen spricht von körperlichem Auftreten. Den Style.

„Tzzz ... ", entfährt es Mina. „Ist das so? Ich meine, entschuldige bitte mich, aber sieht so ein Bodyguard aus? Ich kenne es nur, dass diese Männer sich in Schale werfen. Ein Anzug, dunkle Sonnenbrille vielleicht und sie stechen aus der Masse heraus. Außerdem wirken sie bedrohlich auf mögliche Feinde. Aber ist nicht wichtig. Du wirst schon wissen, wie du deinen Job machst. Lass mich also gefälligst meinen machen."

Adrians Kopf läuft heiß. Sie will die harte Tour, hätte er nach dem Abend wissen müssen.

„Klar, ich verstehe was du damit sagen willst. Mach du ruhig deine Arbeit. Da hindert dich auch bestimmt kaum jemand dran. So wie du herumläufst könnte man meinen, du bist Erzieherin im nächstgelegenen Kindergarten."

WOW! Genau diese Gegenreaktion braucht es am heutigen Tage auch noch, denkt Mina. Reicht nicht, dass ihr Magen schon permanent rebellierte, nein, jetzt musste sich obendrein ein Abgrund unter ihren Füßen auftun.

Ihre Weiblichkeit in Frage stellen, nur weil sie nicht wie Fee mit hochhackigen Pumps, Rock oder Kleid und einem Ausschnitt, der förmlich danach schreit gebührend beachtet zu werden, auftritt.

Adrian bemerkt Minas aufgeregtes Verhalten, denn sie macht sich noch nicht einmal die Mühe ihren Schal richtig umzubinden. Dieser hängt locker an ihrer Jacke herab. Unterm Strich hatte er bloß trotzig auf ihre Aussage reagiert und das tut ihm wahnsinnig leid.

„Hör zu Mina, wir sollten ... ”

„Du hast recht! Wir sollten nach Hause gehen. Also dann, gute Nacht, Herr Stein.”

Schnellen Schrittes setzt Mina ihre Beine in Bewegung.

Hatte sie ihm da tatsächlich das Du entzogen?

So weit ist es also gekommen. Er wollte doch nicht mehr als eine Erklärung, es gut machen und jetzt ...

Er hört die eigene Stimme in den Ohren widerhallen: „Gute Nacht, ... Frau Winter.”

„Versuch das mal. Ich schwöre schon seit Jahren auf dieses Produkt", rät Fee Katrin, da jene sich hin und wieder über den gesamten Arm kratzt.

„Das werde ich, denn der Ausschlag macht mich ... ", will Katrin antworten, doch sie wird still und ihr Blick starr.

Fee wischt mit der Handfläche vor dem Gesicht ihrer Praktikantin herum, dann verfolgt sie mit eigenen Augen den Winkel, der plötzlich alle Aufmerksamkeit auf sich zieht.

Sie reißt sich ruckartig die Brille von der Nase, haucht an die Gläser, reibt mit dem Saum ihres Rockes darüber und setzt sie wieder auf.

Das ihr gebotene Bild hat sich dadurch nicht verändert, sondern es ist sogar noch schärfer geworden.

Mit der Hand tastet Fee nach Katrins Arm. „Kneif mich mal bitte. Ist das Adrian?"

Katrin gerät ins Stocken. „Ich denke ..., nein ..., das ist bestimmt ... "

Doch er ist es. Nur, dass er über Nacht anscheinend eine Art Wandlung durchlaufen hatte.

Adrian kommt in einem dunklen Anzug vor den beiden Damen zum Stillstand. Seine Bartstoppeln sind auf drei Tage getrimmt und die Sonnenbrille auf seiner Nase ist vollkommen blickdicht, so dass Fee und Katrin ihr eigenes Spiegelbild darin erkennen können.

Nachdem Fee ihre Haltung zurückerlangt hat, beginnt sie hinter vorgehaltener Hand zu kichern. „Meine Güte, was ist denn mit dir passiert? Durchaus imponierend, doch hältst du es wirklich für angebracht auf der Messe den klischeebeladenen Wachmann zu spielen? Ich habe dich eingestellt, damit es keiner sofort bemerkt."

„Ich bin nun mal, was ich bin", beginnt Adrian sich zu erklären.

Die Brille hat er abgenommen, denn das schickt sich nicht bei einer Unterhaltung.

Er fährt fort: „Ich spiele meine Rolle nicht, sondern nehme meinen Job durchaus ernst. Das Anforderungsprofil passte nicht, was mir der Vorfall mit dem Handwerker gestern deutlich machte. Ich bin eine Sicherheitskraft mit der Spezialisierung auf Personenschutz, das soll auch jeder sehen. Es hilft ungemein in der präventiven und operativen Gefahrenabwehr."

Fee versteht nur Bahnhof. „Damit ich dir folgen kann. Dieses Outfit hilft, dass einige Menschen sofort eingeschüchtert und jeglichen Blödsinn eventuell von Haus aus unterlassen werden?"

„Das ist der Sinn. Auch wenn ich selbst dachte, dass der moderne, verdeckte Bodyguard vollkommen ausreicht, ergab meine Gefahren- und Schwachstellenanalyse nur diese Möglichkeit eines erfolgreichen Abwehrkonzeptes frei. Apropos frei, bitte unterschreibe mir kurz diese beiden Ausfertigungen. Eine davon kannst du behalten. Meine Unterschrift findest du darauf bereits", erklärt Adrian und hält Fee zwei DINA4 Blätter entgegen.

Fees Augen überfliegen den Betreff:

Aktualisierung der Maßnahmen:

Sie liest weiter:

Profil des Personenschützers/Bodyguards

1) perfekt ausgebildet, hohe physische Belastbarkeit
2) sehr gute Allgemeinbildung
3) gepflegtes Aussehen, einwandfreie Umgangsformen
4) pünktlich, zuverlässig, loyal

5) professionelle Distanz zur Schutzperson

6) selbstständig, zielorientiert, motiviert

7) hohe Flexibilität und Einsatzbereitschaft

Schutzzieldefinition:

Herr Adrian Stein erhält vollständige Entscheidung über das Konzept des Ablaufs und des Restrisikos der kommenden zwei Tage. Außerdem kann er die zu treffenden Maßnahmen jederzeit zum Schutz, der ihm anvertrauten Person, nach eigenem Ermessen und unter Einschätzung der jeweiligen Gefahrenlage, selbstständig und ohne vorherige Absprachen, ergreifen.

Der zuvor erstellte Vertrag von Frau Fredericke Richter behält seine volle Gültigkeit, wird jedoch um die hier im Detail beschriebenen Regelungen erweitert.

Es folgen die Felder, wo sie unterschreiben soll.

Adrians Nachname steht bereits auf der rechten Seite des Papiers.

Was ist bloß in ihn gefahren? Solch ein Theater wegen nur noch zwei verbleibenden Tagen? Es lief doch alles perfekt. Oder was bitte schön hatte sie verpasst?

Fee runzelt die Stirn. „Adrian, was soll das werden?"

„Nur das, was nötig ist", antwortet er knapp und ist dabei bemüht die ernste, seriöse Haltung zu wahren.

„Gut, von mir aus", nickt Fee und ihr nächster Gang führt sie in Richtung des kleinen Tisches.

Neben ihrem Ordner greift sie nach dem Kugelschreiber und unterschreibt die beiden Formulare.

Eines lässt sie liegen, das andere überreicht sie an Adrian, der es faltet und in der Innentasche seines Jacketts verschwinden lässt.

Katrin sagt noch immer kein Wort.

„Sag mal, hast du einen Geist gesehen?", fragt Adrian mit einem seitlich angedeuteten Lächeln.

„Ich ... nein, aber du siehst echt gut aus", antwortet Katrin, was Fee wiederum umgehend dazu veranlasst die Augenbrauen stark nach oben zu ziehen.

Die Begeisterung gibt Adrian in diesem Moment gewisse Bestätigung, dass er das Richtige getan hat.

Zuhause ist er sich nicht schlüssig gewesen, ob er nach Minas Ansage, die mehr als gesessen, ja sogar sein Ego völlig angekratzt hatte, sich wirklich dazu verleiten lassen sollte.

Seinen Anzug konnte er vor lauter Aufgebrachtheit noch nicht einmal finden. Bis ihm einfiel, dass er diesen vor Wut in eine Kiste unter sein Bett verfrachtet hatte, als er den alten Job von heute auf morgen, ohne Angabe von Gründen, verlor.

Zum Glück war dieser weder faltig noch komisch riechend. Eine Nacht an einem Kleiderbügel aushängen, erfüllte seinen Zweck allemal.

Immerhin konnte er Fee und Katrin bereits von sich überzeugen, denn Adrian hatte nach seiner morgendlichen Rasur etwas Bammel, dass alle, insbesondere Mina, ihn für einen Komiker halten werden, der nicht auf der Frankfurter Buchmesse, sondern in einem zwielichtigen Kriminalfilm auftreten sollte.

Bleibt nur noch die Hürde, was die Autorin selbst zu ihm sagen wird. Wo steckt sie bloß?

Was Tom oder andere von ihm halten, ist Adrian relativ egal.

Plötzlich nähert sich eine Frauengestalt dem Stand.

Die Absätze ihrer Pumps sind kaum zu überhören.

Wäre jetzt schon der übliche Trubel, dann würde es keinem auffallen, doch um diese Uhrzeit verteilt sich der Hall nach allen Seiten.

Alle Köpfe wenden sich um.

Tom der mit einer neuen Bücherkiste dazukommt, lässt diese aus seinen Händen fallen. Er ringt nach Luft. Dann erst kann er sich artikulieren: „Mina?"

Katrin, die der Aufschlag der Kiste wahnsinnig erschreckte, geht in die Hocke und versucht ihrem Freund umgehend beim Einsammeln behilflich zu sein.

Adrian möchte am liebsten nach seiner Sonnenbrille greifen, damit keiner bemerkt, dass er in diesem Moment nicht nur vor Verwunderung starrt, sondern regelrecht glotzt. In einem Comic würde der Darsteller an dieser Stelle Stielaugen bekommen, die ihm weit aus den Höhlen hervortreten.

Die feinen Härchen in seinem Nacken stellen sich auf und er hofft, dass die Gefühlsregungen sich nicht auch im unteren Bereich seines Körpers erkenntlich zeigen.

Da stakst die Frau Autorin doch tatsächlich in einem kurzen, sehr figurbetonten Minikleid auf sie alle zu.

Die langen, dunklen Haare schmiegen sich an den hautengen, seidigen Stoff der Oberarme und das gesamte Dekolleté kommt durch raffinierte Bänderdetails reizvoll zur Geltung. Das aufwendige Make-up und der tiefrote Lippenstift, wirken zusätzlich verdammt sexy.

Ein Hingucker, für alle Besucher des heutigen Tages bei SUNSHINE-BOOKS garantiert!

Warum tut sie mir das an, denkt Adrian und muss dabei für einige Sekunden die Augen schließen und sich zwingen wegzusehen. Beherrschung ist das A und O für einen erstklassigen Bodyguard.

Mina hat den Stand erreicht. Das Klacken der Absätze verstummt. „Hi zusammen."

„Hi Mina, könnte ich dich bitte kurz unter vier Augen sprechen?", fragt Fee, die spätestens nach diesem Auftritt überzeugt ist, dass sie im falschen Film gelandet ist.

Mina folgt ihrer Verlegerin.

An der Bücherwand stoppt jene und sie packt Mina sogar etwas fester am Arm, als eigentlich beabsichtigt. „Wenn das ein schlechter Scherz von dir und Adrian sein soll, um mich in die Irre zu führen, dann ist er euch zu hundert Prozent gelungen. Ich meine, was soll das? Wenn ich Bonnie und Clyde an meinem Stand haben möchte, dann rekrutiere ich ein professionelles Film Paar. Noch dazu kommen heute die Leser und deren Kinder erwarten eine Autorin aus diesem Genre und keine ... Ach, du weißt schon. Sag mir Mina, was soll ich davon halten?"

Die beiden Frauen sehen einander ernst an.

Dann ergreift Mina das Wort: „Ich bin nicht das, für was du mich hältst und warum sollte ich die Lesung nicht wie an den anderen Tagen hinbekommen? Weißt du, die Kleinen urteilen nicht nach Aussehen, sondern wie man mit ihnen umgeht, das ist das großartige daran. Was deinen Personenschützer angeht, weiß ich nichts. Das sollte dir um einiges besser bekannt sein, was er tut und was nicht. Überhaupt habe ich genug davon, dass ich hier behandelt werde, als ... "

Fee presst schnell einen Finger auf Minas Lippen, denn jene wird so laut im Sprechen, dass sich Anne Maurer vom Rosenliteratur-Stand mit weit gestrecktem Hals nach ihnen umblickt.

„Stress bei Fredericke", diesen Input gönnt Fee der alten Wetterhexe nicht.

„Bitte Mina, so beruhige dich doch. Ist schon gut. Ich meine ..., Fee mustert ihre Freundin erneut von oben bis unten, „..., wenn ich ehrlich bin, siehst du richtig gut aus. Glaub mir. Als Frau fällt das am schwersten es offen und ehrlich zu einer anderen zu sagen. Wenn Adrian heute so ernst in seiner Aufgabe wirkt und du dich etwas zurechtgemacht hast, ist das für mich in Ordnung. Ich habe ihn schließlich angeheuert, damit dir nichts Unangenehmes zustoßen kann. Mehr nicht."

Wenn du wüsstest wie unangenehm die Sache mittlerweile für mich geworden ist, doch Mina antwortet: „Vielleicht bin ich tatsächlich zu overdressed."

Ihr Blick fällt jetzt auf Adrian, der sich nach allen Seiten umblickt. Als er zu ihr sieht, blinzelt er.

„Nein, das bist du nicht. Man ist es bloß von dir nicht gewohnt, das ist alles", entwarnt Fee und in ihrer Stimme schwingt Erleichterung mit.

Die Situation ist gerettet und das musste sie auch sein, denn in wenigen Minuten heißt es wieder: Showtime!

Minas Blick löst sich von Adrian und seinem Outfit, denn das folgende, wenn auch gekünstelte Lachen zu Fee, sollte keine Belustigung über ihn darstellen.

Dafür sah er schlichtweg viel zu gut aus.

Dass seine Laune dafür heute umso schlechter ausfällt, das sollte Mina noch früh genug zu spüren bekommen.

Seit sich die Türen der Halle geöffnet haben, herrscht viel Trubel in den Gängen und an den einzelnen Ständen.

Mina unterschreibt ihre Bücher und schenkt den Kindern heute sogar, bläulich blinkende Zauberstäbe.

Der Verlag hatte sich spontan dieses kleine Mitgebsel zu ihrem Buch einfallen lassen.

Leider konnten diese erst gestern zu Günther in den Verlag geliefert werden, aber Fee dachte beim Blick in den Karton: Besser spät als nie.

Alles verläuft ruhig. Kein einziger Zwischenfall.

Was allerdings auch bedeutet, dass Adrian keinen Grund hat mit Mina zu sprechen.

Punkt fünf auf seiner Liste.

Professionelle Distanz zur Schutzperson.

Warum hast du den Punkt eigentlich aus deinem alten Vertrag abgeschrieben? Wenn du es einfach weggelassen hättest ..., weil einfach, usw. Schweig Kopf, ich muss mich konzentrieren. Auf was, fragt ihn das Gehirn.

Adrian versucht seine Beine ein wenig zu lockern, als eine junge Frau mit ihrer Freundin neben ihn tritt.

Schlimmer noch, sie umklammert ungeniert seinen Oberarm und beginnt ihr von Rouge überzogenes Gesicht daran zu reiben.

„Oh, wir beobachten Sie schon eine ganze Weile und da dachten wir uns, wir kommen mal kurz vorbei. Ich bin im übrigen Beate und das hier ist meine ..."

Adrian erhebt abwehrend die Hand und drückt die Frau von sich weg. „Entschuldigung, ich habe zu arbeiten."

Jetzt spricht die Freundin, deren Namen er noch nicht kennt.

„Okay Süßer, aber wenn du fertig bist, dann findest du uns in Zimmer neununddreißig im Hotel ..., die Frau stoppt, denn Adrian setzt sich in Bewegung.

Da hat sich doch tatsächlich so ein Blödmann in Anzughose und weißem Hemd, direkt vor Mina gestellt.

Ihr Gesichtsausdruck wirkt erschrocken.

Als Adrian dazukommt, kann er die letzten Worte des Satzes, den der Kerl zum Besten gibt, auch verstehen. „Also ehrlich, so kenne ich dich gar nicht."

Mina sieht zu Adrian auf.

Er grinst sie volle Breitseite an, was sie veranlasst zurück zu lächeln.

Man muss kein Gedankenleser sein, um zu erkennen, dass die Situation dem Mann mit den Schmalzlocken überhaupt nicht passt.

Jener streckt die Hand aus. „Verzeihung, der Herr. Aber mein Name ist Björn Pickmann, von Pickmann und Söhne, und Sie sind?"

Adrian schlägt ein. „Schön, Sie kennenzulernen, Herr Pickmann und wo sind ihre Söhne? Mein Name ist Adrian. Adrian von Stein."

Björn lacht auf. „Sehr witzig, Herr von Stein. Ein Meilenstein der Scherze."

Mina verdreht die Augen. „Schön, dass du da gewesen bist, aber wie du siehst habe ich eine Menge zu tun."

Herr Pickmann nimmt Minas Hand und deutet einen Kuss darauf an. „Es ist schon so verdammt lange her. Meinst du nicht, wir könnten heute Abend auf einen Cocktail ausgehen? Nur wir zwei ... "

Adrian unterbricht das Süßholzraspeln, indem er Björn einen guten Meter von Mina wegdrängt.

Er erhebt entschuldigend die Hände in die Luft. „Nichts Persönliches. Ich tue nur meinen Job. Sehen Sie, ich muss zumindest noch zwischen Sie und Mina passen."

Jetzt steht Adrian sogar direkt vor ihr und sieht seinem Rivalen böse in die Augen.

Björn missfällt dieser Auftritt, deswegen sagt er: „Vielleicht habe ich mich nicht korrekt bei Ihnen vorgestellt, denn ich wusste nicht, dass Mina einen Aufpasser an ihrer Seite nötig hat. Lassen Sie mich das bitte nachholen, damit wir Unklarheiten aus der Welt schaffen können. Ich bin Björn Pickmann, Freund von Frau Winter."

Entsetzt sieht Adrian zu Mina, doch ehe er darüber nachdenken kann, wedelt sie mit dem Finger. „Björn, du hast da was sehr Wichtiges vergessen. Nämlich das Ex!"

Oh, du mieser, kleiner Angeber wolltest mir also eine verbraten, indem du dich wichtiger nimmst, als du es in Minas Leben eigentlich noch bist. Wollen doch mal sehen, wer hier den Kürzeren zieht.

Adrian brüstet sich. „Schön und gut, und ich korrigiere mich auch, denn ich bin nicht nur der Aufpasser, sondern der amtierende Bodyguard von Frau Mina Winter."

Björn hüstelt: „Schön und gut. Darf ich trotzdem mit Mina noch normal und wenn möglich unter vier Augen sprechen oder geht von mir etwa irgendeine Gefahr aus? Ich frage nur, weil wenn das so ist, dann können wir beide das gerne draußen vor der Halle klären."

Du willst dich mit mir prügeln? Doch mein Berufskodex lässt das nicht zu und ... Scheiß auf den Kodex!

„Jetzt gleich?", fragt Adrian provokant.

„Jetzt gleich!", schießt es aus Björn zornig heraus.

Die Stirn der Männer wird sich jeden Moment berühren, deshalb beschließt Mina sich dazwischen zu quetschen.

Mit gestreckten Armen schiebt sie die beiden ein gutes Stück auseinander. Ihre Tonlage ist tief und streng.

„Hört mal! Das muss nicht sein. Verhaltet euch nicht wie dumme Schuljungen. Wir sind erwachsene Leute und noch dazu auf der Messe."

Über ihre Schulter hinweg deutet Björn auf Adrian. „Dann sag deinem Hündchen er soll gefälligst Sitz machen! Unfassbar, was man sich da bieten lassen muss."

Ich werde gleich zum Tiger und trete dir so gewaltig in deinen Arsch, dass du die nächste Zeit überhaupt nicht mehr sitzen kannst, denkt Adrian und will Mina zur Seite schieben, damit er an den Störenfried herankommt, doch diese hat bereits beide Hände um seine Oberarme gelegt. Ihr Blick ist flehend. „Adrian, es ist alles in Ordnung, okay? Lass dich bitte nicht zu etwas hinreißen, was dir im Nachhinein leidtut."

Mir leidtun? Das tut mir bestimmt nicht leid, wenn ich den Typen in die Schranken weise, bestätigt der Kopf sein Vorhaben, doch die Ohren lauschen Mina weiter. „Lass mich mit Björn reden, das ist kein Problem."

Der Kerl ist allein wegen der Tatsache, dass er dein Ex ist ein riesengroßes Problem, denkt der Kopf weiter, doch Adrians Augen verlieren sich in dieser Sekunde in Minas sanftem Blick. Ihre Wimpern sind so wundervoll geschwungen und ihre Lippen ...

„Björn, hast du nicht noch wichtige Dinge zu erledigen? Ich denke, du wirst noch an vielen Ständen heute deine Reden halten können, nicht wahr?", versucht Mina das Gespräch schnellstmöglich zu beenden.

Sie hofft, dass ihr Ex das Weite sucht und sie dessen Stimme, die ihr zu Anfangs durchaus imponiert hatte, nie wieder in ihren Ohren erklingen hören muss.

Leider lässt sich das auf Fachmessen kaum vermeiden, da Björn Pickmann nun mal der Juniorchef einer örtlichen Tageszeitung ist. Ihm und seinem Team entgeht gefühlt gar nichts. Wenn der Papst im Stehen auf den Rand einer Klobrille gepinkelt hatte, dann wissen es Pickmann und Söhne als erste und berichten, wenn es sein muss live, aus Rom.

„Tja, ist das zu glauben, ich muss tatsächlich weiter", säuselt Björn, doch er legt nach: „Mina Herzchen, ich ruf dich heute Abend einfach mal an."

Anrufen? Noch dazu einfach? Ich sorge gleich dafür, dass deine dreckigen Finger nie wieder imstande sind, die Tasten eines Telefons bedienen zu können, schießt es Adrian in den Sinn. Und warum? Weil einfach nun mal nicht einfach ist! Da hilft dir der aufgesetzte Schlafzimmerblick auch nicht weiter. Überhaupt was glotzt du elender Mistkerl mehr als provokant auf ihre Oberweite? Ihre Beine gehen dich auch einen feuchten Dreck an! Apropos feucht, das geht in diesem Denken noch viel weniger. Ich werde jetzt ...

Adrian will erneut auf Björn zugehen, doch dieser erhebt die Hand. „Macht es gut, Leute! Oh, und Adrian: Interessantes Hemd, gab es das reduziert in einem Secondhand-Shop?"

„Ja, stimmt. Deine Mutter hat es mir dort persönlich angedreht", schießt es aus Adrian wie ein Pfeil heraus.

Mina drängt ihn zurück an den Stand. „Ist gut jetzt!"

Björn verschwindet zu ihrem Glück leicht gekränkt in der Menschenmenge.

Sie mag den Gedanken nicht, dass Adrian soeben ihren Ex kennengelernt hat. Noch weniger, dass dieser sich mal wieder von seiner unangenehmen Seite gezeigt hatte.

Obwohl, es imponiert ihr durchaus, wie schlagfertig er ihn abgewimmelt hat, auch wenn es dabei beinahe zu Handgreiflichkeiten oder einer Schlägerei vor den Türen der Messe gekommen wäre.

Jetzt wo Mina so dicht vor Adrian steht, ihre Hände fest um seine Unterarme geklammert und sein Blick, der einmal mehr bis in ihr Innerstes zu sehen vermag, würde sie ihn am liebsten an Ort und Stelle küssen.

Ihr Frauengedächtnis, das alle Geschehnisse fein säuberlich in Aktenschränken ablegt, zieht sofort die gestrige Schublade auf und hält ihr den Zettel mit der Notiz des Gesprochenen unter die Nase.

Er hat dich gekränkt.

Ihr Engelchen auf der Schulter mahnt: „Du hast ihn aber auch nicht fair behandelt."

„Du hättest dich nicht einmischen brauchen. So ein Typ ist kein Problem für mich", stellt Adrian voller Selbstüberschätzung klar.

Diese Sätze veranlassen Mina sich von ihm zu lösen und die Gedanken an einen eventuellen Kuss sogar völlig zu verbannen.

Er kann es nicht gut sein lassen.

„Klar, und du würdest jetzt wahrscheinlich den ganzen restlichen Tag mit einem blauen Auge rumlaufen müssen", antwortet sie trocken.

Adrian zieht einen Mundwinkel nach oben. „Mag sein, aber du hättest diesen Pickmann erst sehen müssen, wenn ich mit ihm fertig gewesen wäre, verstehst du?"

Noch ein Wort und ich drehe ihm persönlich den Hals um, denkt Mina, doch sie fühlt wie Adrian nach ihrer Hand greift.

Nicht nur das, sondern er setzt sich in Bewegung und zieht sie mit sich in die Menschenmasse.

Die Pumps machen es ihr nicht leicht, seinem Schritt richtig folgen zu können, daher wirkt ihr Gang eher wie ein lächerlich aussehender Versuch ihm hinterher zu tippeln.

Um die nächste Ecke herum, will Mina Adrian die Hand sogar komplett entreißen, doch er lässt sie nicht los.

Sie protestiert: „Adrian, du stoppst sofort und sagst mir gefälligst was in dich gefahren ist."

Er hält tatsächlich an und wendet sich seufzend zu ihr um. „Es dient nur dazu, um dich zu schützen. Okay?"

Das rein gar nichts okay ist, kann er in Minas Augen klar und deutlich erkennen.

Bevor sich das Fräulein Autorin dazu entschließen kann sich ihm zu entziehen, legt er einen Arm um ihre Schultern und drängt sie weiter durch die vielen Leute, mit denen sie unweigerlich in sehr engen körperlichen Kontakt geraten.

Ein stetes Anrempeln wie in der City, wenn der eine dem anderen in gar keinem Fall ausweichen möchte, nur viel schlimmer.

Adrian entschließt sich, gemäß seiner Tätigkeit, zu handeln, was plötzlich dazu führt, dass sein Griff um einiges fester wird und sein freier Arm sich den benötigten Raum verschafft.

Sogar seine Stimme erhebt er, wenn es ihm nötig erscheint.

„Könnten Sie bitte zur Seite treten! Danke."

„Machen Sie bitte Platz! Sehr freundlich."

„Dürften wir da mal durch! Geht doch."

So müssen sich Hollywood-Schauspieler oder die Queen persönlich fühlen, wenn es darum geht, an öffentlichen Plätzen aufzutreten.

Der Unterschied liegt darin, dass es diese Menschen gewohnt sind, oder auf solch derartige Aktionen gut vorbereitet wurden.

Sie hingegen fühlt sich sichtlich unwohl in ihrer Rolle als der arme Schützling.

„Adrian, es reicht! Könnten wir kurz stehenbleiben?"

Doch er schiebt sie noch ein weiteres Stück mit sich.

Dann endlich bleibt er stehen und löst seinen Griff.

Mina sieht sich um. Sie stehen vor den Toiletten.

Oh nein, er denkt doch nicht, dass ich nach diesem Vorfall meine Blase erleichtern möchte, oder etwa doch?

Zu viel ist zu viel!

Mina zieht an ihrem kurzen Kleid, um es gerade zu rücken.

„Wenn du denkst, dass ich aufs Klo muss, dann frag mich gefälligst vorher. Ich lege keinen Wert auf spontane Aktionen, die du nach Gefühl entscheidest."

Adrian schmunzelt. „Nach Gefühl trifft den Nagel auf den Kopf. Denn ich denke überhaupt nicht, dass du aufs Klo musst, sondern ich weiß, dass ich es, nach lass mich überlegen ..., drei, ja drei Tassen Kaffee, seit heute Morgen, dringend muss."

Er muss pinkeln und deshalb schleift er sie hinterher? Diese Frage rauscht Mina wie ein D-Zug durch ihren Kopf.

Was ist nur mit diesem Mann nicht in Ordnung?

Sie hätte getrost am Stand bei Fee, Katrin und Tom bleiben können.

Mina zieht eine Augenbraue weit nach oben und die folgenden Worte kann sie leider nicht mehr aufhalten.

„Ist das so? Wofür brauchst du mich dann hier? Oder soll ich Dir zur Hand gehen und beim Halten behilflich sein?"

„Würdest du?", schießt es aus Adrians Mund.

Ihre prompte Gegenantwort, mit rollenden Augen, lautet: „Tzzz, das hättest du wohl gerne."

Adrian sieht wie ihre Lippen zucken und sich ein Lächeln auf ihrem wunderschönen Gesicht abzeichnet.

Er grinst. „Ja, warum auch nicht? Doch ich schätze, wir würden zu viel männliche Aufmerksamkeit am Pissoir auf uns lenken. Deshalb schlage ich vor, dass ich reingehe und du genau hier auf mich wartest. Geht das für dich klar?"

„Ja, klar", versichert Mina, doch irgendetwas in ihrem Blick scheint sie abermals zu verraten.

Du wirst nicht stehenbleiben und darauf warten, bis ich abgeschüttelt habe, stimmt´s, schießt es Adrian in den Sinn und sein Kopf rät ihm, an dieser Stelle besser Vorsicht walten zu lassen.

Er sieht sich um und wie durch ein Wunder meint es das Schicksal abermals richtig gut mit ihm.

Ein junger Mann ist nur wenige Meter von ihnen entfernt damit beschäftigt mehrere Kartons von einer Sackkarre zu entladen.

Für den Transport hatte er diese mit einer langen, reißfesten Schnur gesichert.

Als der Mann das schützende Utensil wie ein Lasso eingerollt hat und beiseitelegen möchte, steht Adrian neben ihm.

Mina kann erkennen, dass hastig Worte gewechselt werden und nicht mal eine Minute später ist er auch schon zu ihr zurückgekehrt.

„Darf ich dir einen Zaubertrick vorführen?", fragt Adrian und tippelt dabei nervös von einem Fuß auf den anderen, denn so langsam beginnt seine Blase wirklich zu schmerzen.

Mina lehnt sich an die Wand und verschränkt die Arme. „Einen Zaubertrick? Ich dachte du musst aufs Klo."

Adrian presst die Lippen zusammen, denn für sein Vorhaben braucht er ihre Hand. Zumindest eine davon.

„Ja, muss ich auch, aber so viel Zeit muss sein. Bitte Mina, ich möchte dir meine Kindheit gerne nahebringen."

Seine Kindheit? Doch sie spürt wie seine Hand nach ihrem linken Arm greift und er diesen ausgestreckt, in Brusthöhe, vor sich hält.

Sie kneift die Augen zusammen und Adrian beginnt zu sprechen:

„Nicht nur Schiffe versenken hat mir großen Spaß gemacht, sondern ich liebte es mit meinen Freunden Räuber und Gendarm zu spielen. Du kennst dieses Spiel, auch wenn ihr

Mädchen dafür nie richtig zu begeistern wart. Wie dem auch sei. Wir Jungs taten so, als müssten wir Boote vertäuen, Räuber verschnüren und selbstverständlich unsere Pferde an Bäumen festbinden. Wenn man ein Stück Seil zur Hand hat, ist das alles gar kein Problem."

Jetzt hält er Mina die Schnur unter die Nase. „Ich habe meist die tollsten Knoten hinbekommen."

Mina wird das unangenehm, denn ihr schwant böses, doch Adrian hat ihr bereits den Anfang der Schnur um das Handgelenk gelegt.

Er fährt fort: „Es gibt verschiedene Arten von Seemannsknoten, doch diesen hier kann sich nahezu jeder mit einem simplen Spruch merken: „Das Krokodil kommt aus dem Teich heraus, kriecht einmal um den Baum und taucht schnell wieder unter.""

Mit den Augen verfolgt Mina wie Adrian zuerst eine Schlaufe formt, das ist also der Teich, dann führt er ein Ende der Schnur, also das Krokodil, einmal im Kreis herum, bevor er es von unten durch die bereits vorhandene Schlaufe schiebt.

Jetzt zieht er den Knoten fest.

Mina öffnet leicht empört die Lippen. „Wirklich sehr schön und auch lehrreich. Wo aber ist der Zaubertrick?"

Adrian grinst bis über beide Ohren.

Das andere Ende der Schnur bindet er sich währenddessen selbst um das Handgelenk, dann öffnet er die Türe zu den Toiletten.

Er sieht noch einmal provokant zu Mina. „Der Trick besteht darin, ob du es schaffst dich zu befreien, bevor ich fertig bin. Also Mina, lass deinen Zauberkräften ruhig freien Lauf."

Weg ist er.

Das Stück Seil spannt sich immer weiter zwischen ihr, der Türe und ihm.

Mina blickt sich nach allen Seiten um, denn wie mag das für die Besucher der Messe aussehen?

Eine dunkelhaarige Autorin, in kurzem Kleid und viel zu hohen Pumps, an einem Stück Seil gefesselt, das direkt in die Herrentoilette führt. Großartig!

Wie sie schnell feststellt, verhält es sich hier nicht anders als auf den Straßen von Frankfurt.

Jeder guckt, tuschelt, ab und zu wird breit gegrinst, doch anscheinend kümmert es unterm Strich niemanden.

Vielleicht halten sie alle für eine Statistin oder haken es mit der Tatsache ab, dass man auf so einer Messe wirklich den schrägsten Vögeln begegnen kann.

Der nächste Herr, der auf die Toilettentüre zusteuert, wagt dann doch einen genaueren Blick.

Nicht nur das, sondern seine Augen verfolgen sogar die Schnur von Minas Handgelenk bis in den Innenraum.

Ihre Augen funkeln böse, doch ihre Stimme klingt hoch: „Hallo. Na, gefällt es Ihnen hier so sehr wie mir?"

Der Herr errötet: „Ja, es ist sehr unterhaltsam."

„Das freut mich", erwidert Mina und ihre Finger zupfen an dem Knoten.

Dann versucht sie es an dem Endstück.

Leider führt das Ziehen daran dazu, dass sich die Schlinge um ihr Gelenk um einiges fester zusammenzieht.

Leichter Schmerz fährt ihr wie kleine Stromschläge bis in die Fingerspitzen. „Autsch, verdammt noch mal!"

Der Herr zieht die Stirn in Falten. „Kann ich helfen?"

„Ja, das wäre ... ", will Mina antworten und sie streckt sogar schon ihren Arm entgegen, als aus dem Inneren des Raumes Adrians Stimme ertönt: „Schon in Ordnung! Wir haben eine Wette am Laufen. Mina, du willst doch nicht mogeln oder doch?"

Verflucht seist du, Adrian Stein, denkt Mina.

Seine Aussage führt nämlich dazu, dass der Herr sich abwendet und selbst den Pissoir-Bereich aufsucht.

Er stellt sich an das freie Becken neben Adrian.

„Eine Wette?", fragt der Herr mit großer Neugier.

Adrian schüttelt ab. „Ja, so könnte man das nennen."

Die Gesichtszüge des Herren wirken plötzlich erleichtert und nicht mehr so verkrampft, doch das liegt wohl daran, dass er in diesem Moment seine volle Blase entleert.

„Also mit anderen Worten hast du eine Möglichkeit gefunden, um dein Kätzchen an die kurze Leine zu nehmen, ja? Ich meine, das ist bei so einer Granate schon von Nöten. Von daher Respekt! Also meine Alte würde mir wahrscheinlich den Strick um den Hals legen und zuziehen."

Adrian schließt den Reißverschluss.

Er weiß selbst, dass Männer so untereinander reden und Mina wirklich verdammt scharf in ihrem Dress heute wirkt, doch das will er von keinem Artgenossen hören, der mit heruntergelassener Hose, sein bestes Stück in der Hand hält.

Adrian wählt die coole Variante. „Dumm gelaufen, dann schätze ich mal, machst du irgendetwas falsch."

„Ach, wirklich?", fragt der Herr, dessen Fluss endlich versiegt ist.

Am Waschbecken sieht Adrian durch den Spiegel zu ihm. „Ja, logisch. Ich meine die meisten Leute sind heute völlig anspruchslos, was ihre Beziehungen oder Bettgeschichten angeht. Ich hingegen stelle von vornherein die Fronten klar."

Zwei weitere Männer betreten den Bereich.

Der Herr hingegen gesellt sich noch einmal neben Adrian. Er wirkt um einiges aufgeregter und absolut interessiert. „Aha. Das machst du gleich zu Beginn, wenn du einen neuen Schuss kennenlernst?"

Diesem Kerl kann man wahrscheinlich alles verkaufen, denkt Adrian und wünscht sich sein Beruf wäre in diesem Augenblick nicht Bodyguard, sondern Vertreter für irgendwelche Billigwaren, die es galt wie reines Gold unter das dumme Volk zu bringen.

Demonstrierend tippt er auf die Schlaufe um seine Hand, die mittlerweile auch von den anderen beiden im Raum mit Argusaugen unter die Lupe genommen wird. „Ich gebe dir jetzt einen Rat, und zwar sollte dir immer bewusst sein, wie viele Kater es gibt, die dein Kätzchen nur allzu gerne beglücken würden. Deshalb nimm sie ruhig an die kurze Leine und wenn sie fragt was das soll, dann sag: „Schätzchen, hebe dir die Krallen für später auf."

Mit einem unmissverständlichen Zwinkern beendet Adrian die Unterhaltung.

Zurück in der Halle nimmt Adrian sein Stück der Schnur ab und wickelt es solange ein, bis er genau vor einer beleidigt guckenden Mina Winter zum Stehen kommt.

„Hat nicht funktioniert, was?"

Sie verdreht die Augen und streckt ihm den Arm hin. „Ich finde das überhaupt nicht komisch. Wärst du bitte so freundlich?"

Adrian freut, dass sie, anders als im Flottenmanöver, nicht in der Lage gewesen ist den Knotentrick ohne sichtliche Probleme lösen zu können.

Er erkennt auch sofort, dass sie an der falschen Stelle gezogen hatte, weshalb er zunächst über das ganze Gesicht strahlt. Süßer Sieg!

Als er nach der Schlaufe greift und sich der Knoten wie schmelzende Butter, locker leicht öffnen lässt, wird ihr Blick um einiges finsterer. „Danke."

Adrian will ihr eigentlich sagen, dass es nicht böse gemeint, sondern nur ein Spaß war, doch er verfolgt ihre Hand.

Sie umklammert damit das Handgelenk, welches eingebunden gewesen ist, und beginnt es zu reiben.

„Zeig mir das", fordert Adrian.

Mina stößt sich von der Wand ab. „Es ist nichts."

Sie hat Rötungen und im schlimmsten Fall wird Mina eine Schürfwunde davontragen, da sie nicht wusste, dass ein falscher Zug, sogar in der Lage ist, ihr die Schlagadern abzuschnüren. Ganz toll gemacht, Herr Stein.

Wenn sein Kopf nur ein einziges Mal die Klappe halten könnte, dann würde sich jetzt nicht das schlechte Gewissen durchringen. „Mina, bitte. So war das Ganze doch gar nicht von mir gedacht."

Unablässig mustert er ihr Gesicht, denn er hofft darin die Annahme seiner angedeuteten Entschuldigung ablesen zu können. Leider Fehlanzeige.

Adrian sieht nun zu dem Paketboten, dem er versprochen hatte, die Schnur wieder zurückzugeben. Dieser wartet schon ungeduldig mit seiner Sackkarre unter dem Arm auf diese Handlung.

„Mina, ich bin gleich zurück. Bleib bitte hier stehen."

Sie verfolgt wie Adrian die Hand erhebt und dem guten Mann das Utensil in seiner Hand zeigt. Kurz darauf ist er auch schon auf dem Weg zu diesem.

Ich habe die Nase so was von voll, seinen Anweisungen Folge zu leisten, schießt es durch Minas Gedanken.

Was glaubt der eigentlich, wer ich bin? Ein Job? Noch dazu einer, den er heute übertrieben ernst nimmt.

Nicht mit mir, mein Freund!

Mit ernster Miene stakst sie los und zwängt sich zwischen all die Menschen.

Mina hofft schnellstmöglich in der Menge unterzugehen. Am Stand kann er sie dann gerne zur Rede stellen, doch dieses Mal wird sie dafür sorgen, dass Fee es auch ...

Ehe sie den Satz fertig gedacht hat, stellt sich ihr Adrian mitten in den Weg.

Mina erschrickt. Wo zur Hölle kommt der denn her?

Gut, denkt sie weiter, dann diskutieren wir eben hier.

In dem Moment, als sie ihren Mund zum Sprechen öffnen will, kann sie ein Blitzen in seinen Augen wahrnehmen, dass sie so noch bei keinem Mann gesehen hatte.

Will er sie jetzt beschimpfen oder ...

„Adrian! Lass das! Was soll das werden? Hör auf und lass mich gefälligst runter! ... Adrian!"

Mina strampelt wie ein Fisch, den man geangelt und an Land gezogen hatte. Nur, dass sie sich nicht auf festem Boden befindet, sondern über seiner Schulter.

Den Unterarm legt er komplett über Oberschenkel und Po-Ansatz, schließlich soll keiner einen Einblick zu viel erhaschen können.

Gratulation, jetzt werden Handys und Kameras in die Luft gehalten und einige der Leute beginnen sogar laut zu lachen. Ist aber nicht zu ändern und die Schuld liegt ganz allein bei ihr, denkt Adrian.

Was ist für Frauen so schwer zu verstehen, wenn man sie bittet kurz stehenzubleiben? Wäre er mit Pascal hier, dann hätte ein: „Warte!" für das Verständnis vollkommen ausgereicht. Ohne Bitten, ohne Erklärungen. Ein Gesetz!

Mina strampelt weiter.

Der glaubt doch nicht, dass er mich überall vorführen kann. Reicht nicht, dass ich wie ein kleines Dummerchen vor den Toiletten gestanden hatte, nein, jetzt sorgt er mit der neuen Aktion sogar dafür, dass dieser Moment der Peinlichkeit, für alle Ewigkeit in hunderten von Bildern festgehalten wird. Bravo, ich habe ja nichts zu verlieren, außer mein Gesicht und den Namen vielleicht. Aber was macht das schon? Er erledigt bis morgen seinen Job und dann ist er verschwunden. Ganz meisterhaft!

Bis morgen warte ich aber nicht mehr, denn sobald meine Füße wieder den Boden spüren, werde ich ihn in eine unbedeutende Erinnerung verwandeln.

Statt sich mit ihr in Richtung des Standes zu begeben, stoppt Adrian plötzlich vor einer schweren Stahltüre.

Er lässt Mina sanft über seinen Oberkörper von der Schulter heruntergleiten und als sie festen Stand hat, schlägt sie unkontrolliert mit den Handflächen und wuterfülltem Blick auf seine Brust ein.

Adrian seufzt, dann umklammert er ihr Handgelenk.

Mit der anderen Hand drückt er die Klinke nach unten und zerrt Mina in den Raum, ehe er sie loslässt.

Ihr Mund will Adrian mit wüsten Beschimpfungen attackieren, doch ihre Augen sehen sich zunächst um.

Sie befinden sich in einer Art Abstellkammer.

Es gibt viele Metallregale, die bis unter die Decke reichen.

Neonlicht in einer langen, dünnen Röhre sorgt dafür, dass es zwar abgedunkelt, aber nicht stockfinster ist.

Ein Fenster ist weit und breit nicht auszumachen.

Minas Ohren vernehmen plötzlich das drehende Geräusch eines, in der Innenseite der Tür steckenden, Schlüssels.

Er hat doch nicht tatsächlich den Raum abgesperrt, oder etwa doch?

Als sie sieht, dass Adrian einen völlig unschuldigen Ausdruck aufsetzt, reißt ihr der Geduldsfaden. „Erklär mir was das Ganze werden soll. Vielleicht sehe ich dann von einer Anzeige gegen dich ab."

Adrian glaubt sich verhört zu haben. „Anzeige?"

„Ja, Anzeige. Oder was denkst du hält Fee davon, dass ihre Autorin erst festgeschnürt und dann eingesperrt wird? Sie wird umgehend die Polizei informieren und dann ... "

Adrian kommt immer näher auf Mina zu. „Stopp mal, ja. Eigentlich will ich nur mit dir reden, denn wie es scheint, leidet unsere Kommunikation ein wenig unter mangelndem Verständnis, findest du nicht?"

Verständnis? Was bitte schön soll an diesem Verhalten verständlich sein? Noch dazu sollte einer dem Mister Bodyguard hier mal deutlich klarmachen, dass ...

„Dann erklär mir, was das alles zu bedeuten hat", kommt es forsch über ihre Lippen.

Nur allzu gerne möchte Adrian umgehend antworten, doch sein Blick haftet, wie schon zu Beginn des Tages und einige Male dazwischen, auf ihrem Outfit.

Definitiv verführerisch genug, um dich alles andere in diesem Augenblick vergessen zu lassen, stimmt´s, fragt ihn sein Gedankenteufel.

Du bist hier, um die Dinge gerade zu rücken, besinnt ihn das Engelchen, weshalb seine Worte nun so klingen: „Ich bin mir nicht sicher ob du es hören willst."

Sein Herz beginnt schneller zu schlagen, denn was, wenn er ihr jetzt all seine Zuneigung gesteht und sie nur schallend über ihn lacht?

Was er nicht weiß ist, dass Mina nach diesen Worten überhaupt nicht zum Lachen zumute ist.

Noch nicht einmal ein gekünsteltes Grinsen bringt sie hervor.

Etwas zu hören, was man ohnehin schon weiß, sollte kein großes Drama sein, doch es ist meist eine Katastrophe.

Er hatte sie beide hier eingeschlossen, damit er, bevor sie den Stand erreichen, die Unklarheiten beseitigen und endlich damit rausrücken kann, dass Fee seine Freundin ist und sie nur ein Ausrutscher.

Vielleicht setzt er im günstigsten Fall eine ellenlange Entschuldigung drauf, mit der gleichzeitigen Bitte ihm Absolution zu erteilen und die Sache einfach als nettes Erlebnis auf sich beruhen zu lassen.

Mina blinzelt aufkommende Tränen weg und ihre Haltung wirkt, als hätte man ihr, im wahrsten Sinne des Wortes, einen Stock in den Allerwertesten geschoben.

„Ich will es nicht hören. Wir haben alle unser Päckchen zu tragen und du bist mir nichts schuldig. Wir sollten jetzt zurückgehen. Ich weiß nicht, wie spät es ist, doch ich will die Lesung in gar keinem Fall ... "

„Hey", unterbricht Adrian sanft. „Ist schon gut. Du willst es nicht hören, verstehe ich. Aber dann sollst du wenigstens wissen, dass ich die Handlungen von vorhin ganz offiziell und mit Fees Rücksprache vollziehen durfte."

Er hält ihr den Zettel unter die Nase, den Fee heute Morgen in doppelter Ausfertigung unterzeichnet hatte.

Mina wirft einen Blick darauf.

Jetzt existiert auch noch ein schriftliches Abkommen, was man mit einer „gestalkten Autorin" alles tun und lassen kann, wenn man es für nötig hält. Weitsichtige Verlegerin und absolut wunderbare Freundin. Wie schön!

Ihr schießt zusätzlich der Gedanke in den Kopf, dass sie am besten ihre sieben Sachen packen, im Verlag kündigen und auf eine einsame Insel auswandern sollte.

Immerhin kriegt sie dann von dem ganzen Hickhack rein gar nichts mehr mit. Dann können Fee und Adrian ...

Als Mina bemerkt, wie nah ihr Bodyguard gekommen ist entschließt sie sich das Stück Papier wieder in seine Hand zu reichen. Er faltet es und steckt es in die Tasche des Jacketts zurück.

Überraschender Weise lächelt er sie an.

Gott, wie sie dieses Gesicht liebte.

Liebt? Das Wort jagt Minas Puls unaufhaltsam nach oben.

Gestern Nacht ist es mit Sicherheit Frederike gewesen, die er so angesehen hatte. Die er in seinen Armen gehalten und geküsst hatte. Die er in den siebten Himmel der Lust katapultierte ...

Diese Vorstellung führt dazu, dass Mina den Blick abwendet und sich den Saum ihres Kleides nach oben zieht. Ihr Herz rast, doch eine innere Stimme drängt sie förmlich dazu, sich und ihrem Ärger umgehend Luft zu verschaffen.

Ihre Finger ziehen aus dem Gummizug des schwarzen, halterlosen Strumpfes, die flache Packung hervor, die Adrian bei ihr auf dem Boden hatte liegenlassen.

Da sie selbst eines benutzt hatten, befinden sich folglich noch zwei weitere Kondome darin.

Eigentlich wusste Mina nicht, wann sie ihm sein Hab und Gut zurückgeben wollte und noch weniger, warum sie heute Morgen ausgerechnet diesen Platz zur Aufbewahrung, anstatt der Handtasche, dafür wählte. Doch das ist ihr momentan völlig egal.

Adrian der kaum glauben kann, was seine Augen da in Sekundenbruchteilen mitansehen müssen, hört sie sagen: „Ich denke, die brauchst du viel dringender als ich."

Die Packung kommt vor seinen Füßen auf.

Beim Aufheben fällt ihm ein, dass er noch gar nicht die Gelegenheit hatte, sich für das Vorhandensein der Gummis zu erklären.

An dem Abend, an dem er Mina bis nach Hause gefolgt ist, ging er kurzerhand in den kleinen Drogeriemarkt gegenüber ihres Hauses. Eigentlich nur, um sich einen Energydrink zu besorgen, denn er konnte schließlich nicht abschätzen, wie lange er ausharren muss, bis sich ein heißes Date vor ihrer Türe zu erkennen gibt.

Als er an der Kasse stand, die Dose bereits auf dem Band, fiel sein Blick auf die vor ihm hängenden Preisaktionen.

PROBEPACKUNG. 3x Gefühlsecht, angenehm und sicher.

Was soll's, dachte sich Adrian.

Immerhin wird er wenigstens einen Punkt, den er auf seine imaginäre Einkaufsliste gesetzt hatte, einhalten können.

Der junge Mann an der Kasse schaute ihn noch nicht mal schräg von der Seite an, als die Dose und die Packung den Scanner passierten. Ein Verbündeter im Geiste.

Dass die Packung wenige Stunden später bereits geöffnet wird, das konnte Adrian zu diesem Zeitpunkt weder wissen, noch hätte er es für möglich gehalten, selbst wenn eine Wahrsagerin es ihm beim Kauf bereits prophezeit hätte.

Jetzt hält er diese zwischen Daumen und Zeigefinger locker in der Hand.

Wieder ist da dieses verschmitzte Lächeln, das die Verbindung zwischen Minas und Adrians Augen so unendlich tief werden lässt.

Wenn die Wahrheit imstande ist Türen zu öffnen, dann wird es höchste Zeit ein ganzes Tor zu sprengen, denkt Adrian, als er Mina dabei ertappt, wie sie sich seinem Blick entzieht und sogar fliehen möchte.

Mit ausgestrecktem Arm versperrt er ihr den Durchgang.

„Du hast recht! Ich brauche die Kondome dringend."

Mina sieht seitlich zu ihm auf, denn ihr wäre es recht, wenn er sie nicht weiter fertigmachen würde.

Sie hat begriffen, dass er der Womanizer und sie nur die kleine Tipperin ist.

Warum also, tut er ihr solche Worte an? Fühlt er sich damit besser?

Wieder macht sie einen willigen Schritt nach vorne, doch er hält sie konstant zurück.

Seine Atmung wird unregelmäßig und die Tonlage hat sich in tiefes Hauchen verwandelt. „Genau jetzt."

Mina jagt ein Schauder durch den Körper.

Ihre vor Lust zitternden Beine presst sie mit den Schenkeln fest zusammen, damit er es nicht bemerkt.

Adrians nächste Aktion bewirkt, dass Mina all ihre gemischten Gefühle schlagartig vergisst.

Er zieht sie in seine Arme und presst seine Lippen auf die Ihren. Der Geschmack ihres roten Lippenstiftes brennt sich in seine Nervenbahn und das Gefühl der spielenden Zungen hatte er seit dem Abend bei ihr so schrecklich vermisst.

Mina fühlt, wie er seinen Arm um ihre Hüften schlingt und sie bis in die hinterste Ecke des Raumes drängt. Dort befindet sich zwischen den Wandregalen eine Palette, auf der ausschließlich große Tragetüten gestapelt werden.

Alles in exakt der richtigen Höhe, denn Mina kann sich setzen und Adrian noch immer küssend, zwischen ihren Beinen stehenlassen.

Die Augen sind fest geschlossen und ihre Hand gleitet von seiner Brust abwärts, über den Gürtel hinweg, bis hinunter in seinen Schritt. Kein Zweifel, er will es!

Seine Hände tasten sich unter das kurze Kleid, streichen von beiden Seiten über die halterlosen Strümpfe und beginnen die erogenen Zonen zu streicheln.

Die Ohren hören, wie der Reißverschluss seiner Hose aufgezogen wird.

Mit den Fingern drückt Mina den Gummizug seiner engen Shorts herunter, damit sein erregtes Glied endlich den Freiraum erhält, der dringend benötigt wird.

Der Kuss wird unterbrochen, doch sie sehen sich noch einmal tief in die Augen, ehe Adrian mitverfolgen kann, wie Mina ihren Kopf senkt, um ihre Lippen anderweitig zum Einsatz zu bringen.

Als sie die Eichel und kurz darauf den kompletten Schaft in sich aufnimmt, entfährt Adrian ein tiefer Atemzug. Es fühlt sich so unglaublich gut an.

Sein Körper erbebt, denn die saugenden Bewegungen von Mina werden schneller und fordernder.

Adrian greift ihr mit einer Hand in die Haare, so fest, dass Mina diesen Griff an der Kopfhaut deutlich zu spüren bekommt. Doch sie denkt nicht daran ihr Tun zu unterlassen. Sie will das er sich ihr in keinem Fall mehr entziehen kann.

Das wiederum spürt Adrian jetzt mehr als deutlich.

Schweißperlen bilden sich auf seiner Stirn, denn wie zur Hölle soll er sich auf diese Art zusammennehmen?

Zeig mir den Mann, der das kann, schießt es durch seinen Kopf, während er fest die Zähne zusammenbeißt.

Das währt allerdings nicht lange, denn sein Glied beginnt so stark zu pochen, dass er den Mund öffnen und seine schnell gehende Atmung, damit regeln muss.

Was Mina da tut, mochte Carmen nicht. Und wenn es doch mal dazu kam, dann sollte er ihr gefälligst immer rechtzeitig Bescheid geben.

Genau das will er jetzt auch Mina irgendwie klarmachen, doch sie lässt nicht locker.

Unter Stöhnen spricht er ihren Namen aus. „Mina! Hör zu ... Ich kann nicht ..."

Sogar die Hand in den Haaren will ihren Kopf dazu bringen, ihm ein wenig Einhalt zu gewähren, doch leider vergeblich. Sie muss es doch merken, dass das Pumpen jeden Moment ...

Alles was Adrian noch fühlt, ist wie Mina sein hartes Glied bis zum Anschlag in sich aufsaugt. Zu viel!

Durch Adrian schießt gnadenlos der Höhepunkt und sein Saft entlädt sich explosionsartig in ihrem Rachen.

Während er sich zitternd aus ihrem Mund zurückzieht, sucht Adrians Kopf bereits nach einer Entschuldigung.

Als er jedoch auf Mina herabblickt kann er keinerlei Vorwurf in ihren Augen ablesen.

Im Gegenteil. Sie funkeln verführerisch vor brennender Leidenschaft und unbändiger Lust.

Ihre Hand umklammert seinen Nacken und zieht ihn zu sich herab. Sie küssen sich wild, beinahe gierig.

Was ihn ein wenig verwundert ist die Tatsache, dass er sich selbst nicht schmecken kann. Nicht, dass es ihn grundsätzlich wie manche Männer stören würde, doch wie konnte das sein? Noch immer schmeckt er die vollkommene Süße auf Minas Lippen und in ihrem Mund.

Mina hingegen weiß ganz genau, was sie da gerade getan hatte. Nämlich ihm die pure Lust verschafft, den Saft nicht an ihre Geschmacksnerven herangelassen, sondern auf direktem Wege hinunterbefördert. Das war alles!

Na ja, nicht ganz, denn Adrian so pumpend in sich zu fühlen und sich dabei vorzustellen, wie er ihre Mitte damit schon ausgefüllt hatte, machte sie unglaublich heiß. Bei Björn hätte sie oftmals bereits nach dem ersten Akt genauso gut ein Kreuzworträtsel lösen können, während er sich weiterhin die größte Mühe gab, sie, beziehungsweise in erster Linie sich selbst, zu befriedigen.

Adrian greift Mina zwischen die Beine und seine Finger streifen über das leicht durchnässte Höschen.

Jetzt schiebt er ihr den Slip zur Seite wie als wolle er sich vergewissern, ob sie auch wirklich bereit für ihn ist.

Das überprüft Adrian erst mit dem Daumen auf ihrem Kitzler, dann schiebt er zusätzlich erst einen und dann zwei Finger tief in sie.

Er steigert ihre Lust in diesem Augenblick von innen und außen, weshalb sich ihr Unterleib zusammenzieht und ihr Atem nur noch stoßweise aus ihrem hübschen Mund nach außen dringen kann.

„Du willst es", stellt Adrian klar und obwohl es keine Frage war, antwortet Mina beinahe flehend mit: „Ja."

Sie drückt sich ihm schamlos entgegen und hofft, dass er seinen Worten gleich Taten folgen lässt.

Ein eindeutiges Versprechen blitzt plötzlich in seinem Blick auf, dass er gleich noch einiges mehr mit ihr machen wird.

Adrian entzieht ihr seine Finger, knabbert an ihrem Ohrläppchen und flüstert: „Gib mir ein paar Sekunden."

Mina hört das gedämpfte Zerreißen von Papier.

Kurz darauf hat sich Adrian ihr wieder zugewandt.

Er geht ein wenig in die Knie, drückt erneut ihren Slip an die Seite, findet ihren warmen, nassen Eingang, taucht ruckartig ein und stößt umgehend mehrmals hintereinander zu.

Dann beginnt er sich rhythmisch zu bewegen.

Mal langsam, mal schnell.

Zusätzlich benutzt er die Hand, um Minas angeschwollenen Kitzler im Takt seiner Stöße zu umkreisen.

Sie kann nicht mehr anders, als sich in diesem Moment ihm völlig hinzugeben und das unablässige Stöhnen dabei lässt ihn zum Tier werden.

Ihm wird eine Ehre zuteil, die Pascal und er sich in einem Porno angesehen hatten. Getrennt, versteht sich!

Denn unter Kumpels läuft es meist so: Boah Alter, den musst du sehen!

Ein Chef holte sich seine Sekretärin ins Büro und die trieben es dann hemmungslos auf dem Schreibtisch.

Zwar schnitten Pascal und Adrian das Thema kurz an, dass der Film nicht schlecht gewesen ist, doch sie waren leider umgehend davon überzeugt, dass sie niemals solch ein Glück wie der Typ, der den Chef mimte, in ihrem Leben haben werden.

Adrian fühlt, wie Minas Unterleib sich unter seinen harten Stößen windet, deshalb ist es an der Zeit ihr und sich selbst den Rest zu geben.

Seine Hände packen ihre Hüften.

Bestimmt wird sie an diesen Stellen ein paar blaue Flecken davontragen, doch das kann er unmöglich ändern, so geil wie er in diesem Augenblick ist.

Adrian beginnt Mina ernsthaft zu vögeln.

Sie hätte angenommen, dass es auf diese Weise sehr schmerzhaft für eine Frau sein muss, doch er beweist ihr in dieser Minute das komplette Gegenteil.

Vielleicht kann das auch nicht jeder Mann, doch Adrian versteht sein Handwerk und weiß wie er das Werkzeug zu führen, beziehungsweise den Hammer zu schwingen, hat.

Mina kommt so heftig unter seinen Stößen, dass sie laut aufschreit und sich mit den Händen an den seitlichen Regalen einkrallt.

Adrian stößt ein letztes Mal tief in sie, ehe er selbst in den Strudel des Orgasmus eingesogen wird.

Erst nach einer gefühlten Ewigkeit, flacht das Beben langsam ab.

Noch einmal drückt Adrian von den Seiten aus an ihre Hüften, ehe er sich ihr vorsichtig entzieht.

Er tritt einen Schritt zurück, damit Mina ihren Slip hochziehen und anschließend sich selbst aufrichten kann.

Als sie auf ihren Pumps steht und das Kleid zurecht zieht, nutzt Adrian diese Gelegenheit, um sich ebenfalls wieder anständig zu bekleiden.

Als er damit fertig ist, stößt Mina plötzlich einen gedämpften Schrei aus, so als ob man sich maßlos über sich selbst ärgert.

Im nächsten Moment fühlt Adrian völlig unerwartet ihre flache Hand auf seiner linken Wange.

Der Schlag tut ihm tatsächlich weh, doch er lacht. „Entschuldige Mina, aber ich verstehe nicht ... "

Doch diese ist bereits zur Türe getippelt, hat den Schlüssel herumgedreht und ist verschwunden.

Durch die Flure der Halle verspürt Mina nicht das Bedürfnis in die Gesichter der Menschen zu sehen.

Als sie den Stand erreicht hat, tritt Fee mit einer Tasse Kaffee aus der kleinen Nische hervor. „Süße, wir haben schon Wetten abgeschlossen, ob du und Adrian es rechtzeitig zur Lesung schaffen werdet. Wärt ihr noch länger geblieben, dann hätte ich ... "

Fee stoppt und unterlässt das Umrühren, denn ihre Augen erfassen die Röte auf Minas Wangen. „Geht´s dir gut? Wo steckt Adrian?"

Kommentarlos schnappt sich Mina ihre Jacke und die Handtasche.

Erste Tränen, die auf ihrem Gesicht wie Feuer brennen, kann sie nicht länger zurückhalten. „Fee, es tut mir schrecklich leid, aber ich muss hier raus. Ich erkläre es dir morgen. Versprochen."

„Mina, warte bitte! Was ist denn passiert? Vielleicht setzt du dich erst mal und dann ... ", doch Fees deuten auf den freien Stuhl hat keinen Sinn, da Mina bereits die Flucht in Richtung Ausgang ergriffen hat.

Auch Katrin hat das Szenario ins Auge gefasst, weshalb sie der rasenden Autorin verwirrt nachblickt. „Einer sollte ihr hinterherlaufen. In wenigen Minuten werden die Kinder eintreffen."

Fee stellt ihre Tasse zornig auf dem Tisch ab, denn wenn sie eines nicht leiden kann, dann ist es die Tatsache, dass ihre vorsorgliche Planung, aus völlig unverständlichen Gründen, den Bach runtergeht.

Sie rückt ihre Brille gerade und sieht zu Katrin. „Kannst du lesen?"

„Wie bitte?", schießt es aus Katrin fragend heraus.

„Kannst du lesen?", wiederholt Fee genervt.

„Ja, sicher. Ich meine, vielleicht nicht so flüssig, aber ... ", will Katrin sich erklären, doch Fee hat ihrer Praktikantin Minas Buch in die Hand gedrückt.

Mit dem Finger deutet sie auf die Uhr in ihrem Display.

„Gleich wirst du uns beweisen, wie gut du es kannst."

Katrin nickt, denn sie hat verstanden.

Wenn Mina nicht mehr da ist, wie soll der Tagesablauf denn sonst weitergehen?

Er geht weiter.

Nicht wie ursprünglich geplant, dennoch wurde gerettet, was zu retten war.

Alle halbe Stunde versuchte Fee Mina auf dem Handy und dem Festnetz zu erreichen, aber es klingelte nur.

Irgendwann wurden ihr bei Nachrichten keine Doppelhaken mehr angezeigt, sondern lediglich ein einsamer grauer.

Mina will von der Welt nichts hören, nur was ist da vorgefallen?

Fees Neugierde wird wohl bis morgen oder auf ein Zeichen von Frau Winter warten müssen.

Adrian konnte sie es nicht verübeln, dass als er an den Stand zurückkam, sich nach der Information, dass sein Schützling nicht mehr anwesend ist, ebenfalls aus dem Staub gemacht hatte.

Mit dem Verlagsgeschehen oder den Büchern hat seine Aufgabe nun mal nichts zu tun.

Dass er es sich auch nicht erklären konnte, weshalb Mina so gehandelt hatte, das wagt Fee zu bezweifeln. Zumal er behauptete, sie wäre ihm entwischt und er hätte sie die ganze Zeit über in der riesigen Halle versucht wiederzufinden.

Irgendetwas gefiel ihr an seinem Blick nicht, denn er wirkte selbst völlig aufgelöst, wenn auch gut getarnt hinter einer gewissen Art von Professionalität.

Was soll's? Die Messe schloss vor wenigen Minuten ihre Pforten und zum Glück sind ihr Katrin und Tom den ganzen Nachmittag über, bis zum Schluss, nicht von der Seite gewichen. Dieses Pärchen ist unterm Strich doch nicht so schlecht, wie sie es sich in puncto Arbeitsmoral immer dachte.

„Heute sind wir mit dem Aufräumen etwas später dran", keucht Tom, der soeben die letzte Kiste in Fees Auto getragen hatte.

„Genau eine Minute", kontert Fee.

„Für die heutigen Umstände und dass wir zwei Leute weniger sind, ist das ein passables Ergebnis", fügt Katrin lachend bei.

Fee klappt ihren Ordner zu. „Ich denke, heute ist es nicht angebracht, dass wir auf eine Party oder in eine Bar gehen. Ich werde weiter versuchen Mina zu erreichen und ich hoffe, dass wir gemeinsam auch am letzten Messetag noch back to the roots finden werden und das nicht everthing for the cat gewesen ist."

Manchmal versteht Katrin das Denglisch ihrer Chefin nicht, doch ihr kommt ein anderer Gedanke in den Sinn. Sie sieht zu Tom, der den Reißverschluss seiner Jacke schließt. „Wenn es dich beruhigt, dann könnten Tom und ich auf einen Sprung bei Mina vorbeischauen. Das liegt auf dem Weg zu seiner Wohnung."

Fee lächelt und nimmt ihre Brille ab. „Ihr zwei wohnt schon zusammen? Das geht fix, aber ich freue mich für euch. Es könnte nicht schaden, wenn jemand nach dem Rechten sieht. Doch bitte drängt sie nicht, falls sie einfach ihre Ruhe benötigt. Wäre nett, wenn ihr mich kurz informiert, dass alles in Ordnung und Mina wohlauf ist. Ich danke euch. Nicht nur für das, sondern für den gesamten Nachmittag."

„Kein Ding, machen wir gerne", antwortet Katrin mit einem breiten Lächeln auf dem Gesicht.

Auch Tom strahlt, da er sich über das Lob durchaus freut, nur wie es scheint hatte er sich den Verlauf des Abends mit seiner Freundin ein klein wenig anders erhofft. Er seufzt: „Meinst du nicht, dass wir bei Mina fehl am Platz sind? Bestimmt sitzt dort schon eine Freundin und was wird sie sagen, wenn ich mit vor der Türe stehe?"

Katrin grübelt über die Worte von Tom. Er könnte sogar mit seinem Bedenken recht haben.

Nur Fee sieht das Ganze aus einem neuen Blickwinkel.

„Also, mir ist es schon recht, wenn ich weiß, dass es ihr gutgeht. Freunde sind außerdem nicht nur dazu da, dass man alles aus einem herausquetschen will, sondern manchmal reicht es, dass Interesse an Umständen gezeigt wird. Ergo: Mina wird sich im besten Fall sogar darüber freuen, dass ihr beide, anstatt nach Hause zu fahren, unerwartet bei ihr aufkreuzt. Alles andere müsst ihr dann nach Gefühl vor Ort entscheiden."

Tom zeigt sich einsichtig und ist Katrin nun dabei behilflich in ihre Jacke zu schlüpfen.

Wird schon schiefgehen.

Währenddessen öffnet Pascal Adrian die Haustüre.

Da seine Freundin ohnehin nicht vor nächster Woche wieder bei ihm sein wird, hatte dieser sturmfrei.

„Ich dachte ja nicht, dass wir uns von nun an tagtäglich sehen werden, aber coole Sache", witzelt Pascal, der vorgestern bei Adrian notgedrungen gepennt und den Tag darauf seinem Freund nach der Arbeit die gewünschten Bücher vorbeigebracht hatte.

Heute steht Adrian im Umkehrschluss bei ihm auf der Matte.

Auf der Arbeit konnte Pascal nicht glauben, was er nach seiner Mittagspause, auf seiner Mailbox abhören musste. Eine Nachricht von seinem besten Freund:

„Hey Kumpel, sag mal, bist du nachher zuhause? Ich, ähm ... Ach, keine Ahnung. Es ist kompliziert und ich weiß nicht mehr weiter. Klingt blöd, ist mir klar, doch es ist ...",

Pause. Es folgte ein langer Seufzer von Adrian, dann: „Ich bin vollkommen im Arsch!"

Diese Worte gaben Pascal viele Rätsel auf, doch seine Antwort fiel kurz und knapp via WhatsApp aus:

„Ich bin um halb sieben zuhause."

Ehrenmann, dachte Adrian beim Lesen, ehe er von Fee am Stand die Hiobsbotschaft erhielt, dass Mina sich vor wenigen Minuten aus dem Staub gemacht hatte.

Die Busfahrt zu Pascal dauerte von seiner Wohnung aus nicht länger als sonst, doch dieses Mal zählte Adrian die einzelnen Haltestellen. In der Hoffnung, die vielen schrägen Gedanken in seinem Kopf bezwingen zu können.

Wenn er an die Stelle kam, in der Mina ein weiteres Mal ganz ihm gehörte, errötete sein Gesicht so sehr, dass ein Kind vor ihm laut zu kichern begann, als es sich zu ihm herumdrehte. Schlimmer noch, es zupfte am Ärmel seiner Mutter und sagte: „Der Mann hinter uns hat einen Kopf wie eine Tomate."

Die Mutter legte einen Finger auf die Lippen: „Pssst, setzt dich hin! Das tut man nicht! Vielleicht hat der arme Mann Fieber, verstehst du?"

Hoher Temperaturanstieg trifft es in seinem Fall richtig gut, doch Adrian war froh, bereits an der nächsten Station aussteigen zu müssen.

Jetzt sitzt er zum Glück nicht mehr im Bus, dafür aber auf dem bequemen Liegesofa seines besten Freundes.

Unangenehm wird gleich das Reden, doch Adrian ist bewusst, dass er selbst darum gebeten hatte. Vielleicht hat er eine völlig verdrehte Sicht auf die Dinge.

Mit Schwung wirft Pascal ihm einen, in Alufolie eingepackten, Wrap hin, doch Adrian schüttelt den Kopf.

Er hat weder ein Hunger- noch ein Durstgefühl.

„Alles klar, dann leg mal los", fordert Pascal, der es nicht mehr länger erwarten kann, was sein Freund ihm alles zu berichten hat.

„Wo soll ich anfangen?", doch Adrian entscheidet sich die imaginäre Repeat-Taste, von vier vollen Tagen, in seinem Gehirn zu aktivieren und drauflos zu quatschen.

Nach zwanzig Minuten wagt es Pascal zum ersten Mal seine Hand in die Luft zu erheben, denn er hat das Gefühl, dass Adrian sich immer mehr in Rage redet. „Woah, also ehrlich. Du führst ein aufregendes Leben außerhalb deiner vier Wände, das muss ich schon sagen. Mir ist klar, warum du dich fragst, was mit dieser Frau los ist, oder warum sie so handelt, doch ich frage mich gerade, was in dir vor sich geht, dass dich die Situation so mitnimmt?"

„Habe ich doch erklärt. Oder möchtest du nach gutem Sex erst vor die Türe und dann beim zweiten Mal wie ein Idiot stehengelassen werden?", fragt Adrian irritiert.

„Nein, das möchte keiner. Bestätigung hast du von mir bereits beim ersten Mal dafür erhalten. Ich will von dir wissen, ob es dir tatsächlich darum geht, dass dein Ego angekratzt ist, oder ob dir diese Frau mehr bedeutet, als du es dir eingestehen willst."

Adrian überlegt. „Sicher ist mein Ego im Arsch. Wie soll man damit klarkommen? Was das andere angeht, da kann ich dir in der Kürze der Zeit keine Antwort ... "

Pascal unterbricht: „Alter, das ist doch mehr als nur offensichtlich. Verarsche wen anders, okay. Du hast dich in Mina verliebt. Deswegen dein jämmerliches Verhalten."

„Hast du ein Bier für mich", fragt Adrian, denn er muss die direkte Art seines Freundes erst hinunterspülen.

Schwerfällig erhebt sich Pascal aus seinem Sessel. „Klar doch. Wie eure Majestät wünschen."

Während er ihm nachsieht, ruft Adrian: „Komm schon! Alter, sei nicht eingeschnappt. Vielleicht hast du recht und ... ", doch er verstummt, als er auf seinem Smartphone, neben dem Symbol von Facebook, eine eins aufleuchten sieht.

Aus der Zahl wird schnell eine zwei, drei, vier, fünf und sogar eine neun. Was soll das?

Mit zittrigem Finger drückt Adrian auf Öffnen.

Benachrichtigungen von Freuden, die angeblich einen Beitrag auf seiner Pinnwand geliked und einige davon sogar geherzt hatten.

Wie geht das, bitte schön? Wenn er doch nichts teilte?

Auf seinem Profil, wird endlich die Ursache für den Likefluss ersichtlich. Ein absolutes Desaster!

Adrian fasst sich an die Stirn und beginnt zu lesen:

„Ich möchte Dir heute auf diesem Wege sagen, wie sehr ich Dich liebe. Ebenso möchte ich mich entschuldigen, dass ich in einem schwachen Moment, mich anderweitig orientiert habe, dabei wollte ich immer nur das eine, nämlich DICH. Ich habe eingesehen, dass Du mein Engel bist, von Gott gesandt.

Du bist da, um mich zu beschützen. Bei Dir fühle ich mich geborgen, geliebt und verstanden. Du liest mir jeden Wunsch von den Augen ab und mein Herz macht jedes Mal einen Salto, wenn ich auf unser Bild sehe. Darum nimm mein Leben, weil ich Dich liebe!"

Geziert wird das ganze Drama mit dem einzigen Foto, das von Carmen und Adrian gemeinsam existiert und obendrein hat die gute Frau es mit tausend roten Herzen verziert.

„Pascal", schreit Adrian laut. „Wo bleibt das Bier? Sei so gut und bring mir gleich noch einen Kübel mit!"

„Ist ja schon gut, was ist denn passiert?", fragt Pascal, der die Flaschen, samt dem Öffner, auf dem Sofa ablegt.

„Die Witch hat es geschafft mir den Tag komplett zu versauen! Alter, ich könnte ihr den Hals umdrehen", schimpft Adrian in sein Handy.

„Oh, sie ist also doch eine Witch. Interessant. Was hat sie getan? Sich und ihren Freund preisgegeben, damit der liebe Adrian es endlich kapiert, warum er eine männliche ... "

„Halt die Klappe! Doch nicht Mina. Ich rede von Carmen, du Idiot!"

Pascal öffnet verwirrt die Flaschen.

Immer wenn er denkt, dass sein Kumpel von der einen spricht, dann spricht er von der anderen und umgekehrt. Zum Mäuse melken ist das.

„Adrian, was ist denn jetzt wieder ... ", doch Pascal bekommt bereits das Smartphone unter die Nase gehalten.

Dann wendet er sich ab und nimmt einen Zug vom Bier.

„Ich hatte dir geraten die Witch zu blockieren, aber nein, du fandest die täglichen Nachrichten amüsant. Jetzt hast du den Salat, aber kein Grund ein Fass aufzumachen. Lass mal sehen."

Mit einem Handgriff zieht Pascal sein Handy ebenfalls aus der Hosentasche und öffnet Facebook.

„Bis jetzt haben es nur Bianca, Kai, Ronny, Daggi, der Klops Timo, Tamara, Leo, Renate und Janine gesehen. Kein Problem, drück einfach auf LÖSCHEN!"

Für einen Augenblick sieht Adrian, dank diesem Wort, ein kleines bisschen blauen Himmel, an dem sonst so tiefschwarzen Horizont. Das ist es!

Schließlich wird Carmen sich nicht die Blöße geben und es noch mal teilen.

Sein Finger drückt auf die drei Punkte neben dem Bild, damit er auf - *Beitrag löschen* - klicken kann.

Er ist nur eine Millisekunde davon entfernt, als erneut ein Like im Benachrichtigungsfenster aufleuchtet.

Adrians Augen switchen nach oben.

Der Name brennt sich in sein Hirn. Verdammte Scheiße! Doch zu spät!

Fee R., hatte soeben den Post mit einem Daumen hoch zur Kenntnis genommen.

Gestern Abend überlegte er noch, ob er Fees Anfrage zur Freundschaft überhaupt annehmen sollte, doch er dachte sich, dass es blöd kommt, wenn er seine derzeitige Chefin ignoriert.

Da er außerdem wusste wie neugierig und versessen diese darauf ist, mit wem sie es zu tun hat, sollte sie sich ruhig auf seinem Profil umsehen, denn schließlich hatte er nichts zu verbergen. Bis heute zumindest.

„Alter? Der Beitrag ist noch da", erinnert ihn Pascal singend.

„Ja, und ich kann ihn auch nicht mehr löschen", antwortet Adrian wütend, ehe er sein Handy neben sich auf die Couch fallen lässt.

„Hast du vergessen, wie das geht?", fragt Pascal.

„Nein, aber wenn ich das tue, dann brauche ich Gründe und die habe ich nicht", versucht Adrian zu erklären.

„Gründe? Alter, wenn ich einen Post lösche, dann ist das mein Problem und nicht das der anderen."

Adrian weiß, dass Pascal recht hat, doch mit Sicherheit hatten sich einige Betrachter längst einen Screenshot von Carmens Post gezogen, in erster Instanz sie selbst.

Wenn er jetzt den Beitrag löscht, dann erscheint er in tausend Storys oder Direkt-Messages mit: „Oh, schade", „Wie herzlos ... ", oder ähnlichem Scheiß.

Es muss doch irgendeine Lösung für das ganze Desaster geben. Womit hat er das bloß verdient?

Mina fand bis zu diesem Zeitpunkt auch keine plausiblen Gründe, warum sie sich dazu entschied, der Messe und vor allem ihrem Leibwächter zu entfliehen.

Kindisches Verhalten? Nachdem, was in diesem Raum geschehen ist? Mag sein.

Doch vielmehr ist es die quälende Gewissheit, dass sie sich Adrian erneut, wie eine rollige Katze hingegeben hatte, nur damit der streunende Kater sich austoben kann, wo, wann und mit welcher Artgenossin ihm gerade beliebte.

Die schallende Ohrfeige spürt sie noch deutlich in ihrer Handfläche. Den Rest in anderen Körperregionen. Doch so grandios wie es gewesen ist, so sehr hatte sie sich nach diesem Akt auch geschämt.

Jetzt beschließt Mina sich von ihrem Sofa zu erheben und heißes Wasser in die Badewanne laufen zu lassen.

Das wird ihr sicherlich guttun, doch als sie sich auf den Wannenrand setzt und den Hahn aufdrehen will, klingelt es plötzlich an der Türe.

Ein Schrecken jagt durch Mina hindurch, denn was, wenn das Fee ist? Oder Adrian?

Keinem der beiden möchte sie in ihrem jetzigen Zustand gegenübertreten.

Es läutet abermals.

„Ich komme ja schon", ruft Mina aus dem Badezimmer.

Sekunden später kann sie durch den Spion zwei Personen ausmachen, ehe sie den Schlüssel herumdreht und die Türe aufzieht. „Katrin? Tom? Was macht ihr denn hier?"

„Hi, Mina. Bitte entschuldige unsere Störung. Wir waren gerade in der Nähe und da dachten wir, wir schauen mal kurz vorbei", begrüßt Katrin und hält Mina dabei eine Papiertüte hin. „Da ist ein Donut mit extra viel Puderzucker drin. Ich hoffe, du magst Schokolade."

Die beiden sind mit Sicherheit, genau wie Adrian vor ein paar Tagen, aufgrund von Fees Neugierde oder Besorgnis hier aufgekreuzt, kombiniert Minas Kopf.

Die Sache mit der Süßigkeit ist allerdings Katrins Idee gewesen, da sie selbst eine Frau ist und weiß, dass wir bei Problemen oftmals zu wilden Fressmonstern mutieren.

Tom hat die Hände in den Hosentaschen vergraben und sieht sich verlegen im Treppenhaus um.

Mina beschließt die Türe weit nach innen zu öffnen. „Ja, ich mag Schokolade. Sehr sogar. Bitte, kommt doch rein."

Katrin und Tom lächeln dankend.

Im Wohnbereich sitzen sie Mina genau gegenüber und die Stimmung ist ziemlich bedrückt. Keiner weiß, wie er sich Verhalten soll.

„Entschuldigt, aber ich habe noch gar nicht gefragt, ob ihr etwas trinken möchtet", sagt Mina mit rollenden Augen. „Wo habe ich nur meinen Kopf."

„Das wollten wir dich, wenn wir ehrlich sind auch fragen, deswegen sind wir hier", erläutert Katrin. „Du bist heute so schnell auf und davon. Ja und da dachten wir ..., vielleicht möchtest du darüber sprechen?"

Ungewollt fällt Minas Blick auf Tom, was diesen dazu veranlasst die Hände in die Luft zu werfen. „Mädels, wenn es an mir scheitert, dann kann ich ... ", doch Mina erhebt die Hand.

Sie seufzt: „Nein, ist schon in Ordnung. Bleib ruhig. Ihr könnt schließlich nichts dafür, was heute in mich gefahren ist. Ich finde es sehr lieb, dass ihr vorbeigekommen seid."

Katrin richtet sich auf. „Ist dir jemand unangenehm aufgefallen? Der Stalker vielleicht?"

Oh nein, denkt Mina. Alle die von dem Vorfall vor zwei Jahren wissen meinen grundsätzlich, dass ihr Tun einzig und allein von diesem kranken Schwein abhängig wäre.

Sie reibt sich den Nacken. „Nein, das war nicht der Grund."

„Dumm von mir", entschuldigt sich Katrin. „Für so einen Fall wäre ja Adrian dagewesen, stimmt´s?"

Die ahnungslose Praktikantin hat soeben den Namen des Teufels ausgesprochen, doch auch dafür kann sie erneut nichts, denkt Mina, antwortet jedoch mit: „Adrian sollte lieber auf seine gute Fee aufpassen, das wäre um einiges sinnvoller."

Jetzt ist die Bombe geplatzt.

Katrin reißt die Augen weit auf und Tom rutscht auf seinem Platz unruhig hin und her.

Nach einer Weile räuspert sich Katrin: „Du willst uns damit doch nicht etwa sagen, dass Adrian und Fee ein Verhältnis haben oder schon zusammen sind?"

Mina nimmt sich ein kleines Kissen aus dem Eckbereich des Sofas und schlingt die Arme darum. „Leute, bitte tut nicht so, als ob ihr es nicht wüsstet."

„Also ich weiß es tatsächlich erst seit du es erwähnt hast", antwortet Katrin rasch und sieht sogar zu Tom. „Wusstest du davon?"

„Nein, ich wusste es nicht und kann es mir auch leider überhaupt nicht vorstellen. Ich meine, jedem das Seine, aber die passen irgendwie nicht zusammen", bringt Tom sich zu dem Thema ein.

Plötzlich klimpert Katrin mit den Wimpern. „Mina? Bist du deshalb von der Messe verschwunden?"

Da keine Antwort folgt und sie sehen kann, dass Mina mit aufkommenden Tränen kämpft, setzt sie vorsichtig nach: „Hast du Adrian eventuell selbst ins Auge gefasst? Dich in deinen Bodyguard verliebt?"

„So ein Blödsinn", schießt es aus Minas Mund wie aus einer Pistole, doch bereits im nächsten Moment steckt sie den Kopf tief in das Kissen und weint bitterlich.

Mit dem Ellenbogen stößt Katrin gegen Toms Oberarm. „Sieh dich bitte in der Küche um und mach uns dreien einen Kaffee, okay?"

Tom nickt.

Er ist wahrscheinlich froh, dass er sich um etwas anderes als eine völlig aufgelöste Frau kümmern soll.

Als er nach einiger Zeit, mit drei Tassen in den Händen, wieder aus der Küche tritt, sitzen die beiden Frauen nebeneinander und Mina hat sich ein klein wenig gefangen.

Ihr Gesicht ist zwar puterrot, doch sie lächelt.

„Also, nur wenn du magst", hört er Katrin sagen.

Mina möchte sich alles von der Seele reden.

Einige Male vergessen die Frauen Toms Anwesenheit vollkommen, was dazu führt, dass er bei manchen Details einen Satz heiße Ohren, sozusagen gratis, erhält.

Am Ende klatscht sich Katrin empört auf beide Schenkel. „Wenn er tatsächlich mit Fee zusammen ist und mit dir zeitgleich so ein Ding abzieht, dann gehört der Herr Stein, im wahrsten Sinne des Wortes, gesteinigt."

„Warum sollte er es unterlassen? Tut mir leid, aber aus Sicht eines Mannes kann ich nur sagen, dass Mina es ihm erlaubt hat, sich so zu verhalten", bemängelt Tom.

„Wer hat dich gefragt? Du hast doch keine Ahnung oder würdest du es vielleicht genauso abziehen?", fragt Katrin und ihre Gesichtszüge wirken böse.

„Das habe ich nicht gesagt. Wenn ich eine Freundin habe, dann sind andere für mich tabu. Ich wollte nur sagen, dass solche Spinner in deinem Fall, liebe Mina, ein viel zu leichtes Spiel haben, versteht ihr?"

Tom hofft mit seinen Worten die eigene Haut zu retten.

Es scheint ihm gelungen zu sein, denn Katrin sagt: „Da ist was Wahres dran. Mina, ich kann dir aus eigener Erfahrung mit meinem Ex raten, dass du morgen ganz normal an den Start gehen solltest. Ich weiß, das klingt im jetzigen Augenblick schier unmöglich, doch es bewirkt Wunder. Schau, alles was so ein Kerl will, ist die Gewissheit, dass er gewonnen hat. Sich nehmen konnte, was er wollte und trotzdem der geliebte King bleibt. Zeig Adrian, dass es dich nicht im Geringsten stört, denn das schlimmste ist für so einen Menschen, wenn man ihn ignoriert oder ihm bei Bedarf mit einem Lächeln in den Arsch treten kann."

Nachdem Katrin und Tom sich nach einer weiteren halben Stunde verabschiedet haben und gegangen sind, fühlt Mina sich um einiges leichter. Das Reden tat ihr gut.

Sie schnappt sich die Tüte und packt den Donut aus.
Ein großer Biss, während sie sich in Gedanken vornimmt, ihr Handy wieder anzuschalten und den morgigen Tag einfach auf sich zukommen zu lassen.

BUCHMESSE: Tag 5

Adrian öffnet die Augen und wird von hellem Sonnenlicht geblendet, denn Pascal hält nicht sehr viel davon die Jalousien herunterzulassen.

Er schirmt einen Arm über die Augen und sucht nach seinem Handy. Verflucht! Es ist 7.59h.

Am letzten Arbeitstag zu spät. Spitze!

So schnell wie möglich erhebt sich Adrian von dem Sofa.

Zeit, um sich von zuhause neue Klamotten zu besorgen, bleibt ihm nicht, daher wird auch an diesem Tag der schicke Anzug seinen Zweck erfüllen müssen.

Während des Schließens der Hemdknöpfe öffnet Adrian die Türe zum Schlafzimmer.

Pascal liegt laut schnarchend im Doppelbett.

„Guten Morgen. Ich habe verschlafen, deshalb wollte ich dir nur ... ", will Adrian sich und seinen schnellen Aufbruch gleich mit erklären, doch Pascal hat seinen Kopf unter dem Kissen vergraben und nuschelt zurück: „Alter! Was heißt: „Guten Morgen", Wie spät ist es denn?"

„Kurz nach acht."

Pascal wirft das Kissen vom Bett und stützt sich auf die Ellenbogen. „Kurz nach acht? Adrian, was geht mit dir? Es ist Sonntag. Hallo! Tu mir einen Gefallen und weck mich zwischen elf und zwölf noch mal."

Adrian verdreht die Augen. „Nein, das geht nicht. Wie du weißt, muss ich arbeiten. Ich sollte längst ... "

„Ja stimmt, deine Messe. Viel Spaß, bis dann", wünscht Pascal, dreht sich um und schnarcht weiter.

Ganz toller Freund, denkt sich Adrian.

Da redet man sich die halbe Nacht die Seele aus dem Leib und er hat nach wenigen Stunden alles wieder vergessen. Vielleicht liegt es auch nur an der Schlaftrunkenheit, wer weiß.

Da keine Zeit zum Grübeln bleibt, schnappt sich Adrian die Jacke vom Haken und verlässt die Wohnung.

Fee konnte sich an diesem Morgen voll und ganz ihrem Ordner und dem geplanten Tagesablauf widmen, denn Tom, Katrin und Mina sind pünktlich erschienen.

Von ihrer Autorin wusste sie es, da sie um kurz vor eins eine Nachricht, wenn auch keinerlei Erklärung zu den Zwischenfällen, erhalten hatte.

Tom und Katrin bestätigten Fee ebenfalls, dass alles bei und mit Mina in Ordnung ist.

Am liebsten hätte Fee sie bombardiert mit Texten, wie zum Beispiel: „Mehr habt ihr nicht in Erfahrung bringen können. Kommt schon Leute, das ist nicht euer Ernst", doch gemeinsam den letzten anstehenden Messetag mit Bravour zu meistern, hat nun mal absolute Priorität. Der Rest kann warten.

Über Adrians Nichterscheinen, wunderte sich Fee zunächst kein bisschen, denn der hat nach gestern bestimmt genug, da er seinen Job nicht richtig ausführen konnte und somit weniger Geld für diesen Tag erhalten wird. Oder er hatte eine wilde Nacht mit seiner Freundin, die sich in aller Öffentlichkeit für ein Vergehen bei ihm via Facebook entschuldigte. Deshalb hat er verpennt und nutzt jetzt noch den Tag mit ihr. Ist Fee unterm Strich auch völlig gleich.

Vor wenigen Minuten entschied sie sich dann doch den Weg der Gewissheit zu wählen und lies ihm eine Nachricht über WhatsApp zukommen:

„Lieber Adrian, da Du nicht erschienen bist, bitte ich Dich morgen um zehn in den Verlag zu kommen, damit ich Dir Deine Dienste entlohnen kann. Gruß Fee"

Sie staunt nicht schlecht, als ihr Smartphone vibriert und die Antwort lautet: **„Bin im Bus. Tut mir leid, dass es später wird."**

Okay, keine Begrüßung, kein Tschüss, aber wenigstens weiß Fee, dass Adrian auf dem Weg zu ihnen ist. Passt!

Um kurz vor neun ruft Katrin plötzlich: „Da kommt ja unser Bodyguard!"

Ihre Stimme klingt in Minas Ohren wie ein Nebelhorn.

Eine laute Warnung an ihre eigene Position, dass ein Schlachtschiff direkt auf sie zusteuert und es besser wäre, in sicheren Gewässern, auf Abstand zu bleiben.

Nur allzu gerne wäre Mina jetzt ein Zerstörer-Schiff, dass mit all ihrer Verachtung auf den Gegner zusteuert. Da Adrian der Grund all ihrer Enttäuschung ist, möchte sie sogar aus tiefem Hass mit ihm kollidieren, nur eleganter.

Wenn das erledigt ist, dann möchte sie in Ruhe dabei zusehen, wie Adrians Schiff mit Pauken und Trompeten, bis auf den Grund des Meeres für alle Ewigkeit, versinkt.

Als Mina ihn ins Auge gefasst hat, bemerkt sie schnell, dass ihr Kopf das soeben Gedachte über Bord schmeißt.

Sie kann diesen Mann nicht verachten und wie es scheint auch nicht hassen.

Jeder Schlag ihres Herzens bohrt ein weiteres Loch in ihren sicheren Schiffsboden und ihr ist klar, dass sie in diesem Moment sang und klanglos untergeht.

Er braucht nur auf seinem Schlachtschiff stehen, zusehen wie sie um ihr letztes bisschen Ehre kämpft und dabei noch nicht einmal den kleinen Finger krummmachen.

Versenkt! Ein weiterer Haken an seiner Frauenwand.

„Guten Morgen. Tut mir echt leid", erklärt sich Adrian an Fee gerichtet, doch er schweigt umgehend als sein Blick auf Mina fällt.

Sie trägt heute eine hautenge schwarze Hose mit einem weißen Top und einer locker, leichten Bluse darüber. Die Schuhe, die sie gestern zu dem sexy Kleid getragen hatte, runden das Gesamtbild wundervoll ab.

Nicht zu viel und nicht zu wenig.

Ohnehin wirken allein ihr Gesicht und die offenen Haare auf ihn jedes Mal unheimlich sexy.

Da spielt es im Grunde keine große Rolle was sie dazu trägt.

Seine Gedanken wollen ihm umgehend die Gründe dafür aufzählen, warum er Mina Winter endgültig aus seinem Kopf streichen sollte, doch sein Herz hört partout nicht hin.

Seine Ohren hingegen vernehmen Minas feste Stimme: „Guten Morgen, Adrian."

Was ist nur los?

Er fühlt sich in diesem Augenblick als stünde er auf einer schwankenden Brücke, wo sich gleich die Halteseile lösen werden und er unaufhaltsam in die Tiefe stürzt.

„Hi Adrian", unterbricht Tom rettend die Situation.

Allerdings verspürt Adrian auch bei ihm einen leichten Anflug von Ernsthaftigkeit. Wo ist nur die Lockerheit geblieben, die er über all die Tage von Tom gewohnt war? Sie werden sich doch nicht alle gegen ihn verschworen haben? Hat Mina geredet oder Fee schon in aller Frühe den Beitrag auf Facebook, als ersten Punkt des Tages, debattiert?

Was soll´s? In wenigen Stunden wird er all das hier und auch die Menschen aus dem SUNSHINE-BOOKS Verlag hinter sich lassen. Ende des Jobs!

„Hi Tom, na alles klar", lautet seine Antwort, doch jener lächelt die gestellte Frage einfach weg.

Nichts ist folglich klar im Staate Dänemark, beziehungsweise auf der Frankfurter Buchmesse.

Holt er sich eben einen Kaffee.

„Ich bin fertig. Von mir aus kann es losgehen", stellt Fee mit Blick auf die Uhr klar. „Ach Mina, deine Lesung ist erst um sechzehn Uhr, da ich nicht wusste ob du kommen würdest."

„Geht klar." Mina klingt erleichtert.

Ihr ist bewusst, dass Fee und sie noch nicht die Beziehung von Freundinnen erreicht hatten, wo man sich gegenseitig sein Herz ausschüttet, doch sie weiß, dass sie mit ihr reden kann.

Vielleicht sollte sie das sogar in Bezug auf Adrian in Erwägung ziehen. Er ist nicht treu und das Letzte was sie ihrer Verlegerin, nach dem geldgierigen Ferdi wünscht, ist ein weiterer Reinfall.

Noch dazu, wenn ein paar Worte von Mina imstande sind, jene eventuell davor zu bewahren.

Oder redet ihr der Kopf dieses Samariter-Verhalten nur ein damit Fee die Finger von Adrian lässt und ...

„Worum geht es in dem Fantasy-Buch?", fragt die erste Besucherin am Stand.

„Es geht um ein kleines Volk von Elfen, die es mit einem gemeinen Riesen aufnehmen müssen."

Das war für Mina gefühlt die leichteste und ehrlichste Antwort, die sie der interessierten Frau geben konnte.

„Sehr schön. Ich suche nämlich etwas Schönes für meine Enkelin. Darf ich es gleich mitnehmen?"

Mina zögert, doch Fee ist bereits zur Stelle. „Sicher."

„Großartig. Danke sehr", freut sich die Dame und klärt kurz darauf mit Fee die Bezahlung.

Nachdem die Frau den Stand wieder verlassen hat, starrt Mina einen Augenblick lang auf die leere Stelle in der Bücherwand.

Genau so fühlt sich momentan ihr Leben an.

So, als hätte Adrian einen Teil von ihr einfach an sich genommen und noch heute Abend wird er damit für alle Zeit verschwinden.

Mina verscheucht die dramaturgische Sichtweise schnell aus ihren Gedanken, denn mehr und mehr Leute zwängen sich mittlerweile durch die Gänge.

Gleich wird sie wieder Rede und Antwort stehen müssen. Genau wie ihren Namen einige Male auf die erste Seite der Bücher mit einem Lächeln kritzeln.

So kommt es auch.

Zu Beginn des Nachmittags hatte Adrian noch immer kein einziges Wort an Mina gerichtet und das obwohl ihm doch so viele Fragen auf der Seele brennen.

Sein Job verlief, wie gewohnt, äußerst entspannt.

Bis auf, dass er einen jungen Mann davon abhalten musste, nicht mit einem Buch unter dem Arm davon zu spazieren.

Wahnsinnig gefährlich, schießt es Adrian in den Sinn und er verabschiedet sich schon mal gedanklich von dem, in der Anzeige angepriesenen, Zuschlag. Bye, bye!

Seit heute Morgen verspürt er auch keinen Harndrang, was ihm zwar ein bisschen suspekt vorkommt, doch was soll *MANN* machen?

Mina hingegen kommt gerade von der Örtlichkeit aus der Adrian sie schon einmal retten musste, doch er brauchte sie nicht begleiten. Das übernahm Katrin.

Ein kurzer Blick auf das Display seines Handys und er sieht Land in Sicht. Es ist zehn vor vier, was Adrian auch das Auftauchen von ersten ZOMBIES beweist.

Gleich beginnt die letzte Lesung für Mina in diesem Herbst.

Die nächste ist erst Ende November geplant. Das weiß Adrian, da er beim Kaffeetrinken einen Einblick in Fees organisatorischen Kalender erhaschen konnte.

Außer der Uhrzeit fällt ihm auch das F von Facebook ins Auge. Schon wieder stehen dort Zahlen im zweistelligen Bereich, was bedeutet, dass noch mehr Leute den Beitrag geliked haben mussten.

Wird Adrian die App eben öffnen, dann verschwinden die nervigen Aufzählungen wie von Geisterhand.

Tatsächlich wurde der Post noch einige Male zur Kenntnis genommen, doch auch über seinen privaten Nachrichten blinkt die Zahl vier auf.

Adrians Finger tippt das Feld an und der Messenger öffnet sich. Natürlich! Carmen. Wer sonst?

Im nächsten Augenblick bricht Adrian sogar seinen Schwur, die Nachrichten in gar keinem Fall zu lesen.

Wie penetrant ist diese Witch eigentlich? denkt er beim Überfliegen ihrer gewählten Worte:

„Adrian? Wieso tust du mir das an?"

„Adrian, wieso ignorierst du mich? Du musst doch meine Entschuldigung gesehen haben. Zumindest haben es viele andere!"

„Adrian! Wenn Du das liest, dann melde dich! Wie stehe ich denn sonst da?"

Bla, bla, bla! Erst heulen und dann Anweisungen geben.

Aber wen wundert´s? Die „anderen Leute", die für Carmen anscheinend nicht das nette Wort Freunde verdienten, und das Ansehen waren ihr schon immer wichtiger.

Als Adrian Minas Stimme vernimmt sieht er auf.

Heute sitzt sie nicht auf dem Klappstuhl, sondern im Schneidersitz genau vor ihren neugierigen Zuhörern.

Sie beginnt zu lesen.

Diese Frau hat unendlich viele Welten in ihrem Kopf. Nicht nur die Kinder zieht sie damit in ihren Bann, nein, auch ihn hatte sie mit ihrer gesamten Art, vom ersten Augenblick an, regelrecht verzaubert.

Mal abgesehen, von den unkontrollierten Wutausbrüchen, die es definitiv mehr unter Kontrolle zu bringen gilt.

Adrian schmunzelt. Vielleicht sollte er die Welt in seinem Kopf in Ordnung bringen, dann wird Mina sich auch von ihm hereinbitten lassen und nicht vor seinen weit geöffneten Toren jedes Mal die Flucht ergreifen.

Höchste Zeit zu handeln! Wenn nicht jetzt, wann dann?

Adrian wendet sich von der Lesung ab.

Sein Finger schließt den privaten Messenger, öffnet stattdessen das Profil und scrollt zum letzten Beitrag.

Like? Nein! Kommentar verfassen? Ja!

„Liebe Carmen,

ich möchte Dir auf diesem Wege antworten und Dir sagen, wie sehr ich Dich zu Beginn unserer Beziehung geliebt habe. Ebenso möchte ich mich dafür entschuldigen, da es sich scheinbar nur um einen schwachsinnigen Moment des Glaubens gehandelt hat und ich mich zwischenzeitlich anderweitig orientiert habe.

In den vergangenen Tagen wollte ich immer nur das eine, nämlich MINA. Ich habe eingesehen, dass sie mir von Gott gesandt wurde.

Jetzt bin ich da, um sie zu beschützen, denn bei ihr fühle ich mich lebendig und gebraucht, wenn auch leider noch nicht so wirklich verstanden. Doch das wird sich ändern, denn ich will dieser Frau jeden Wunsch von ihren wunderschönen Augen ablesen. Mein Herz macht tausend Saltos, wenn ich in diesem Moment auf sie sehe.

Darum lebe wohl, weil ich sie liebe.

Adrian"

Klingt genauso kitschig wie der Text von Carmen, doch es steckt viel Wahrheit drin, denkt Adrian beim Überfliegen der Zeilen.

Pascal hatte vollkommen ins Schwarze getroffen, als er fragte, ob alles auch daran liegen könnte, dass Adrian mehr für Mina empfindet, als er es sich selbst in der Kürze der Zeit eingestehen konnte oder wollte.

Fees Handy gibt einen kurzen Signalton von sich. Entschuldigend sieht sie zu Mina, denn die Kinder drehen alle synchron ihre Köpfe in die Richtung, aus der das piepsende Geräusch gekommen war.

Ohne Unterbrechung liest die Autorin einfach weiter.

Jetzt sieht Fee zu Adrian. Sie nimmt sogar die Brille von der Nase und ihr Lächeln wird breiter und breiter.

Adrians Display leuchtet in seiner Hand kurz auf.

Der erste Like auf seinen Kommentar ist eingegangen.

Noch dazu von keiner geringeren als Fee. R.

Jetzt ist die Katze aus dem Sack, denkt Adrian, doch er zwingt sich wieder zu seiner Chefin zu sehen, die ganz im Business-Style sogar Benachrichtigungen erhält, wenn sich auf Facebook etwas Neues ergibt.

Fee scheint zu tippen.

Oh weh, sie wird doch nicht jedem hier davon berichten? Tom, Katrin und ... Mina?

Wobei letztere nicht schlecht wäre, denn wie sollte sie etwas davon mitbekommen, wenn Adrian noch nicht einmal mit ihr auf dieser Internetplattform befreundet ist?

Das Vibrieren seines Handys unterbricht die Gedanken.

WhatsApp 2.

Pascal:

„Alter, wie bist du denn drauf? Meine Fresse, wie geil ist das denn? Ich feiere Dich gerade, das kannst Du Dir gar nicht vorstellen. The Witch is over and out!"

Zu diesem Zeitpunkt kann Adrian noch nicht wissen, was Pascals letzter Satz tatsächlich zu bedeuten hat.

Carmen hatte seine Antwort gelesen und nur wenige Sekunden später war sie von keinem der Freunde mehr unter ihrem Namen aufzufinden. Sie kommt bestimmt mit einem neuen Profil wieder, doch mit Sicherheit nicht mehr in Adrians Leben.

Fee:

„Adrian! Du bist ein richtiger Schlingel, weißt du das? Verdammt, warum hat mir das keiner gesagt? Du und Mina? Alles direkt vor meiner Nase und ich habe null gecheckt. Ich freue mich für Euch."

Auf den letzten fünf Worten bleiben seine Augen haften.

Adrian verspürt ein großartiges Gefühl, denn was gibt es Schöneres, als sich vorzustellen, dass er und Mina Winter, ganz offiziell, ein Paar sind?

Nur leider weiß er noch immer nicht, was in ihr, in Bezug auf seine Person, vorgeht.

Es muss schlichtweg an einem anderen Mann oder an Bindungsangst liegen, sonst würde sie ihn doch nicht auf diese Art behandeln.

Jetzt kann er mitverfolgen, wie die ZOMBIES sich vom Boden erheben, denn Mina hat die Kiste mit den Zauberstäben neben sich gezogen.

Jeder möchte einen abbekommen, was zu einem wilden Durcheinander um sie herumführt.

Eingreifen und die Herde auseinandertreiben ist in diesem Fall keine Option, daher wartet Adrian ab, bis jedes der Kinder lachend in Richtung seiner wartenden Eltern läuft.

Dann steuert er, ohne zu zögern, auf Mina zu, denn er muss dringend mit ihr sprechen.

Viel Zeit bleibt Adrian nicht mehr, denn die Uhr zeigt bereits 16.51h an, was wiederum bedeutet, dass in etwas mehr als einer halben Stunde, die Messe und somit auch seine gefühlt letzte Chance vorbei sein wird.

Da Mina gerade die Kiste mit dem Fuß unter einen der Stühle schiebt, stellt er sich ganz nah hinter sie und streicht mit den Fingern sanft über ihren Rücken.

„Möchtest du denn gar nicht mehr mit mir reden?"

Bei dieser Berührung und der geflüsterten Frage beginnt Minas Puls zu hämmern.

Sie spürt Adrians Atem warm in ihrem Nacken, doch sie zwingt ihren Körper sich zu ihm herumzudrehen.

„Willst du wirklich wissen, was ich gerne möchte?"

Adrian nickt. „Ja."

„Ich möchte, dass du aus meinem Leben verschwindest. Ebenso aus dem von Fee und all den anderen."

Diese Aussage brennt durch seine Adern wie flüssiges Feuer und Adrian weicht ein Stück von ihr zurück.

Klarer hätte ein Mensch einen anderen nicht von sich weisen können. Schlimmer, Mina verlangt sogar von ihm, sich aus ihrem unmittelbaren Umfeld, sprich von ihren Freunden, fernzuhalten.

„Das ist es, was du willst?", schafft es Adrian mit einem Kloß im Hals zu fragen.

„Ja, das will ich", lautet die energische Antwort.

Mina spürt, dass diese Art überhaupt nicht in ihrer Absicht liegt, doch sie dachte an die Worte von Katrin. Männer wie Adrian muss man in die Schranken weisen.

Die Menschenmenge und die lauten Gespräche um Adrian herum verblasen und sein Kopf weist ihn zurecht, dass er ihr geben muss, worum sie ihn gebeten hat.

Jetzt spürt er nichts anderes mehr als den Schmerz des Verlustes. Ein Korb, den er sein ganzes Leben wohl nie wieder vergessen wird.

Mina sieht tief in seine Augen, die in diesem Moment voller Licht und Dunkelheit zugleich sind.

Ihr eigener Körper erzittert. „Ich ..., Adrian, hör ... "

„Sorry Leute, aber wie ihr wisst muss ich los! Meine Mutter braucht dringend ihr Rezept und ich schaffe es sonst nicht mehr rechtzeitig zur Apotheke", ruft Katrin plötzlich durch den Stand.

Adrian weiß nichts davon, was daran liegt, dass er heute Morgen nicht rechtzeitig zur Tagesbesprechung erschienen ist, doch das ist ihm auch völlig egal.

„Gute Besserung an deine Mama", antwortet Fee, „Wir sehen uns dann morgen im Verlag."

„Ja, bis morgen. Tom, wir hören uns später. Mina, Adrian, ich hoffe, ihr habt noch einen schönen Abend", setzt Katrin nach, ehe sie verschwindet.

Als Mina sich erneut auf Adrian konzentrieren möchte winkt Fee sie zu sich herüber. „Süße, hast du bitte mal fünf Minuten für mich?"

Minas Blick fällt entschuldigend auf sein Gesicht, als sie sich auf den Weg in Richtung des Tisches begibt.

Adrians Herzschlag beruhigt sich in dieser Minute und auch seine Beine spüren wieder festen Boden.

Das ist dann wohl seine Chance gewesen. GAME OVER!

„Was ist da zwischen euch beiden?", beginnt Fee.

Mina schweigt und eine enorme Hitze strömt über ihren Hals hinauf bis in die Wangen.

Sie hatte diese Dinge mit Adrian getan, für die sie sich zutiefst schämen sollte, es aber nicht kann.

Jetzt hatte Fee die beiden miteinander sprechen sehen und ganz klar will die Gute nun auch die Details.

Wer würde das in Bezug auf seinen Freund nicht wissen wollen?

„Mina, ich habe dir eine simple Frage gestellt. Hörst du mir eigentlich zu?", bohrt Fee weiter.

Mehr und mehr versteift sich Minas Haltung. „Ich weiß es nicht."

Daraufhin schweigt Fee für einen Augenblick, ehe sie die Hand ausstreckt und nach Minas Unterarm greift.

„Du weißt es nicht? Wie kann das sein? Ich meine alle Welt weiß es."

Fees Aussage hat Mina jetzt in eine Statue verwandelt, denn ihr ist unerklärlich, wie es alle Welt wissen kann.

Es sei denn Adrian hat sich selbst an den Pranger gestellt und das ist auch der Grund, warum er noch mal mit ihr sprechen wollte.

Stammelnd versucht Mina die richtigen Worte in solch einer misslichen Situation zu finden: „Fee, ich bitte dich, sei nicht böse auf mich."

Fee legt die Stirn in tiefe Denkfalten. „Böse? Na ja, ich will es mal so ausdrücken, dass ich es schon gerne von dir oder Adrian erfahren hätte und nicht erst über das Internet."

Internet? Mina kann sich nur das Foto von den beiden erklären, dass geschossen wurde, als Adrian sie über die Schulter gelegt und durch die Menge getragen hatte.

Darin sieht Fee bereits die Romanze, die es nie hätte geben dürfen? Wahnsinn, was ist diese Frau doch schlau.

Wieder ertönen ihre Worte: „Wann hattet ihr bloß die Zeit um miteinander … "

Mina wird das sichtlich unangenehm. „Fee, ja es stimmt. Ich hatte etwas mit Adrian. Zweimal! Und es tut mir schrecklich leid, das musst du mir zumindest glauben. Es gibt dafür keine ausreichende Entschuldigung, das ist mir bewusst. Trotzdem sollst du wissen, dass er nicht treu ist und es wahrscheinlich auch niemals sein wird. Er ist ein Frauenheld wie er im Buche steht."

Okay, die letzte Anspielung in ihrer Erklärung hätte sie sich als Autorin auch gut und gerne sparen können.

Noch immer hält Fee Minas Unterarm fest, doch ihr Lächeln wirkt gequält. „Bist du zu dieser Erkenntnis wegen des Beitrags auf Facebook gekommen? Weil sich dort seine Ex zu Wort gemeldet hat oder woher nimmst du all diese Anschuldigungen?"

„Wie bitte?" Mina wird immer heißer.

Auf Facebook gibt es eine Ex, die etwas über ihn zu sagen hatte, hier gibt es eine Verlegerin, die das Ganze Drama erdulden muss und dann bleibt noch sie selbst, die den dämlichsten Part von allen Weibern übernimmt. Nämlich die, die ihn rangelassen und damit ihre Freundin verraten hat.

Die, die zur Krönung noch dumm genug ist, um sich am Ende in dieses Arschloch Hals über Kopf zu verlieben.

„Setz dich, ja", bittet Fee, die bereits ihr Smartphone zur Hand genommen und die besagte App geöffnet hat.

Mina leistet zwar Folge, doch sie ist innerlich so sehr aufgewühlt, dass wenn sich jetzt das Kaninchenloch von Alice im Wunderland im Boden auftun würde, sie unter Garantie die Erste wäre, die kopfüber hineinspringt.

Auch wenn sie es eigentlich nicht möchte, liest sie den Text von Carmen an Adrian.

Zum Glück hält Fee ihr Handy selbst in der Hand, denn Minas Körper zittert allein beim Anblick des angehängten Fotos so stark, dass sie es wohl aus ihrer eigenen Hand hätte fallenlassen.

Nachdem sie fertig ist, kann Mina nur nicken.

Im nächsten Moment schließt sie die Augen.

Sie spürt, wie sich das Wasser unter ihren Lidern unaufhaltsam ansammelt.

Über Minas Lippen huscht ein Flüstern: „Fee, es tut mir so unheimlich leid."

Denn was muss erst ihre Verlegerin alles durchmachen, wenn ihr persönlich dieser Post alles abverlangt?

„Mina, was ist nur los mit dir? Du entschuldigst dich ständig bei mir. Ist schon in Ordnung, denn auch wenn ich mich gerne streng und neugierig gebe, muss ich doch noch lange nicht alles wissen. Schon gar nicht, was in die privaten Bereiche gehört, findest du nicht auch? Außerdem solltest du lieber Adrians Kommentar darunter lesen. Der ist innerhalb einer Viertelstunde mit Likes und Antworten regelrecht zugespammt worden."

Mina zwingt sich die Augen zu öffnen, was dazu führt, dass das angestaute Wasser über ihre Wangen läuft.

„Du weinst?", fragt Fee und ihre Brillengläser scheinen sich in diesem Augenblick auch ein wenig zu beschlagen. „Brauchst du nicht, außer aus purer Freude vielleicht. Ich muss zugeben, ich bin echt neidisch auf dich, denn das habe ich noch nie bei einem Mann erlebt, oder würde es einem zutrauen. Das ist fast schon märchenhaft."

Neidisch? Mina glaubt, dass Fee sie gerade auf den Arm nimmt und ihr selbst ein Märchen aufbinden möchte.

Nur, warum sollte sie das tun?

Das wäre bei ihrer direkten Art nicht ihr Stil.

Wenn Fee einen Menschen mag, dann merkt man das, wenn nicht, dann auch.

Mit den Fingern wischt Mina sich die Tränen weg, ehe sie erneut auf das Display sieht, wo Fee bereits zu dem genannten Kommentar für sie gescrollt hatte.

Als sie zwischen den Zeilen ihren Namen entdeckt, spürt sie plötzlich wie die Leere in ihrem Inneren von neuer Lebensenergie geflutet wird.

Ihre Augen strahlen und Fee entzieht ihr lächelnd das Smartphone. „Na bitte, geht doch."

„Du bist kein bisschen böse auf mich?", fragt Mina, die sich ein strahlendes Lächeln bis über beide Ohren in Gegenwart ihrer Verlegerin verwehrt. „Ich meine, wie kannst du nur so locker damit umgehen? Adrian ist dein Freund und du freust dich für mich? Wie kann das ... "

Fee beginnt schallend zu lachen.

Dann legt sie eine Hand auf Minas warme Wange. „Oh mein Gott! Jetzt kapier ich dein Problem. Du denkst Adrian und ich wären ein Paar? Himmel, nein! Das einzige was ihn und mich verbindet ist sein Job, als Bodyguard für dich, Süße."

Mina legt eine Hand auf ihre Brust, denn ihr Herz beginnt wie wild zu schlagen, bei der Erkenntnis, dass sie Adrian die ganze Zeit über Unrecht getan hatte.

Er ist kein Arschloch und er hatte sich sogar ohne ihr Wissen öffentlich zu seinen Gefühlen bekannt. Keine Ex! Keine Fee! Adrian ist frei.

Mina ist plötzlich wie ausgewechselt.

Sie springt von ihrem Stuhl auf und sieht sich um.

Höchste Zeit mit Adrian zu sprechen, auch wenn er das nach ihren ganzen Abweisungen bestimmt nicht mehr will.

Wird sie ihn eben anspringen und vor all den Menschen stürmisch küssen. Vielleicht verzeiht er ihr.

Da Fees Handy ohnehin klingelt, kann sie ihre Freundin ohne jegliches schlechte Gewissen allein am Tisch zurücklassen.

Minas Augen suchen den Stand ab, doch Adrian ist weit und breit nicht auszumachen. Wie kann das nur sein?

Plötzlich hört sie eine Stimme von der Seite fragen: „Vermisst du jemanden?"

Es ist Tom, der damit beschäftigt ist, die Bücher von der Schauwand in die Kisten zu sortieren.

Während des Gesprächs mit Fee ist Mina gar nicht aufgefallen, dass die Messe seit wenigen Minuten ihre Pforten für die Besucher geschlossen hatte.

„Ich suche Adrian"

Tom unterbricht sein Tun. „Kannst du dir sparen. Der hat schon die Fliege gemacht. Ich soll Fee sagen, dass er morgen um zehn im Verlag vorbeischaut und den Damen einen schönen Abend wünschen. Schätze mal, er wollte euer Gespräch nicht stören."

Minas Laune fährt umgehend in den Keller.

Adrian ist gegangen. Na ja, so wirklich wundern braucht es sie nach ihrer heutigen Showeinlage nicht.

Fee hat sich ebenfalls zu Mina und Tom gesellt.

„Dass Adrian und Katrin schon gegangen sind, ist nicht von Vorteil, aber wir drei müssen das Beste draus machen. Entschuldigt, aber ich korrigiere mich auf zwei." Sie atmet lange aus. „Günther hat mich vom Verlag aus angerufen und meinte, dass ein Autor aus der Schweiz seit heute Nachmittag in meinem Büro sitzt und erst gehen will, wenn er mit mir persönlich sprechen konnte, da er morgen bereits wieder abreist. Ob ich will oder nicht, ich muss folglich auch los. Tom, bitte sei so lieb und pack die Kisten in dein Auto. Du kannst sie morgen mit in den Verlag bringen. Mina, du könntest dich um die Sauberkeit des Standes kümmern, damit der Veranstalter nichts zu bemängeln hat. Wenn ihr fertig seid, dann könnt ihr sofort nach Hause fahren, oder zu Adrian und Katrin."

Fee zwinkert fröhlich und setzt nach: „Okay, seht mich nicht so entgeistert an und tut was ihr nicht lassen könnt, doch zuerst die Arbeit und dann das Vergnügen. Wisst ihr beide Bescheid, ja. Danke. Küsschen."

Weg ist auch noch die Verlegerin von SUNSHINE-BOOKS.

Mit einem „Was soll´s, denn es bleibt uns ja nicht viel anderes übrig", sehen sich Mina und Tom einige Zeit an.

Während Tom sich kurz darauf mit der ersten Kiste zu seinem Wagen begibt, schlendert Mina summend in die kleine Ecknische, um den Kaffeeautomaten zu säubern.

Die grellen Lichter der Halle wurden bereits gedämpft, was ihr ein mulmiges Gefühl durch die Adern jagt.

Wie zur Hölle konnte sie nur ihre Thriller schreiben, in der diese Art von Beleuchtung für ihre Protagonisten meist noch ein Grund zum Jubeln gewesen wäre?

Minas Gedanken werden unterbrochen. „Frau Winter, bitte entschuldigen Sie, aber haben Sie zufällig meine Tochter gesehen? Sie heißt Sofia, ist zehn Jahre alt und hat lange braune Haare. Heute trägt sie einen Haarreif und ihr Pulli ist, ... weiß, glaub ich."

„Ja, dieses Mädchen saß bei der Lesung direkt vor mir in der ersten Reihe", erinnert sich Mina anhand der Beschreibung augenblicklich.

Anne Maurer, Fees liebste Feindin, steht vor Mina und wie es scheint vermisst sie ihre Tochter.

Für Eltern kann es gefühlt nichts Schlimmeres geben, als solch einen Moment, in dem man nicht weiß, wo sich das Kind gerade aufhält.

Mina fügt hinzu. „Nach dem die Zauberstäbe verteilt wurden, haben alle Kinder den Stand verlassen. Haben Sie denn schon die Polizei informiert?"

Anne Maurer sieht seufzend auf die Uhr. „Nein, und das erspare ich mir fürs Erste auch lieber. Das klingt jetzt vielleicht kaltherzig, aber Sofia neigt zurzeit dazu aus der Reihe zu tanzen. Bestimmt ist das kleine Luder schon längst mit dem Bus nach Hause gefahren und lässt es sich vor dem Fernseher gutgehen. Deshalb hört sie auch das Haustelefon nicht, oder ignoriert es mit Absicht, denn wer bin ich schon, außer ihre Mutter, die sich erlaubt hat, sie zu gebären?"

Mit großen Augen betrachtet Mina die Chefin von Rosenliteratur und nimmt sich, anhand ihres Beispiels, fest vor, dass wenn sie mal selbst Mutter ist, sie sich genügend Zeit und Liebe für ein Kind nimmt. Bloß keine Workaholic-Mum, deren Job ihr über alles geht, wenn es drauf ankommt.

„Dann drücke ich die Daumen, dass Sofia wirklich zu Hause oder schnell aufzufinden ist. Schönen Abend", schließt Mina die Unterhaltung ab.

„Danke schön. Den wünsche ich auch. Im Übrigen, es waren großartige Messetage, nicht wahr?", brabbelt Anne vor sich hin, während sie sich wieder auf dem Weg zu ihrem Stand befindet.

Ja, das waren sie, denkt Mina lächelnd.

Sie sieht Frau Maurer dabei zu, wie jene ihren Mantel zuknöpft und einen großen, randvoll gepackten Shopper über die Schulter wirft.

Nur einen Augenblick später ist sie verschwunden.

Mina bleibt allein zurück.

Sie stapelt die Tassen fein säuberlich ineinander und als die Küchennische augenscheinlich ganz passabel ist, widmet Mina sich noch dem Tisch und den Klappstühlen.

Ihre Hand greift nach der Lehne des ersten Stuhls, um diesen zusammendrücken zu können, als ihr Blick auf der hellen Sitzfläche hängenbleibt.

Da liegt ein Buch!

Nicht nur irgendeines, sondern ihr eigenes.

Es handelt sich dabei aber nicht um den Fantasy-Band, der in der ganzen Eile dort vergessen wurde, nein, vor ihr liegt der erste Teil ihrer Thriller-Reihe.

„Seltsam" flüstert Mina.

Ihre Finger streichen dabei sanft über das Cover.

Die Erkenntnis, dass hier etwas nicht mit rechten Dingen zugeht, trifft sie wie ein Blitz.

Dieses Buch wurde nicht vergessen, da es noch nicht mal mit dabei gewesen ist, sondern es wurde mit Absicht von jemandem dort platziert, damit sie es findet.

Von Panik ergriffen sieht sich Mina in alle Richtungen um. Nichts.

Plötzlich setzt sich ein kaltes und unbarmherziges Lachen in ihren Ohren fest.

Minas ganzes Bewusstsein wird davon eingenommen, weshalb sie auch das Gefühl hat, dass ihre Beine jeden Moment nachgeben und sie die Orientierung verliert.

Mit ansteigender Atmung ruft sie: „Wer ist da?"

Dass keine Antwort auf diese gestellte Frage erfolgt, hätte ihr klar sein müssen, schließlich schreibt sie selbst in diesem Genre.

In einem Film hätte Mina die weibliche Hauptrolle sogar ausgebuht, doch jetzt stellt sie fest, dass es in so einer Situation wirklich das Naheliegendste ist, was einem der Kopf als Lösung zu bieten hat.

Nächste Möglichkeit: Flucht!

Genau das wird sie tun, denkt Mina.

Ohne vorher das Buch an sich zu nehmen, ohne Jacke, ohne Handtasche. Einfach ab durch die Mitte.

An einen anderen Stand, zum Ausgang oder sonst wohin. Hauptsache weg aus der Einsamkeit und unter Menschen.

Leider bleibt Minas Fuß beim schnellen Umdrehen unter dem Klappstuhl hängen, was dazu führt, dass sie stürzt.

Zwar können ihre Hände das schlimmste abfangen, doch ihr Kopf stößt gegen eine Ausbuchtung der Bücherwand.

Sterne beginnen vor Minas Augen zu tanzen und ihr Körper erschlafft.

„Mina? ... Mina, kannst du mich hören?" Die Stimme ist in der Lage sie ins Hier und Jetzt zurück zu holen.

Mina öffnet langsam die Lider und fasst sich mit der Hand an die Schläfe. „Wo ..., wo bin ich?"

„Du bist noch auf der Messe. Meine Güte, außerdem lagst du auf dem Boden, als ich ankam", erklärt Tom, der Mina in aufrechte Position gebracht hat.

„Tom", entfährt es ihr erleichtert. „Lass uns schnell verschwinden. Der Stalker ist hier!"

„Beruhige dich erst einmal, okay. Wer ist hier? Also, ich sehe niemanden, außer dich und mich. Vielleicht sollte lieber ein Arzt ... "

Tom wird zischend von Mina unterbrochen: „Wir müssen weg! Verstehst du das denn nicht?"

Ihre Finger krallen sich dabei fest in seinen Arm ein, was Tom die Augen zusammenkneifen und wissend lächeln lässt. „Angst ist ein unglaublich mächtiges Empfinden. Je stärker es ausgeprägt ist, desto schwächer lässt es die fühlende Person werden. Ich habe die Angst in deinen Augen vermisst. Deshalb war ich auf der Jagd."

Mina löst den Griff um Toms Arm und starrt ihm entsetzt ins Gesicht. „Du bist es die ganze Zeit über gewesen?"

Tom seufzt ironisch lange. „Ich befürchte ja."

Mina kann kaum glauben, dass der Mann vor ihrer Nase derjenige ist, dem sie es verdankt, dass sie über zwei Jahre schreckhaft und abgeschottet gelebt hatte.

Ein Zitat aus ihrem Buch hatte Tom verraten, na ja, besser gesagt wollte er, dass sie ab diesem Moment weiß, mit wem sie es zu tun hat.

Er fährt fort: „Bevor du dich durchringst zu schreien, um dich zu schlagen oder ähnliches, möchte ich, dass du dir etwas ganz genau ansiehst. Schaffst du das? Carol?"

Minas Puls schießt ungebremst in die Höhe.

Tom nennt sie beim Namen ihrer Protagonistin.

Carol Flaw soll sich in der Geschichte ein Polaroid ansehen, auf dem ihre bettlägrige Mutter zu sehen ist, die, wenn ihre Tochter nicht kooperiert, nicht zu ihren lebenswichtigen Medikamenten kommt.

„Tom, bitte ich weiß nicht was dir das Ganze ... ",

doch Minas Worte werden sofort von jenem im Keim erstickt: „Pssst! Was höre ich denn da? Widerworte? Und wer ist Tom? So jemanden kenne ich nicht."

Der Kerl ist mehr als krank, schießt es Mina durch den Kopf, als sie auch schon von ihm ein Handy mit geöffneter Galerie direkt vor das Gesicht gehalten bekommt.

Eigentlich will sie es gar nicht sehen, doch die strenge Order: „Sieh gefälligst hin", veranlassen Mina sich das Bild anzuschauen.

Ihre Augen erkennen eine Frau. Nicht bloß irgendeine.

Sondern Katrin.

Vor ihr steht ein braunhaariges Mädchen in einem weißen Pulli.

In der Hand hält sie einen blauen Zauberstab.

Es handelt sich also um die Tochter von Anne Maurer.

Die kleine Sofia.

Von wegen, Katrin musste zum Arzt und anschließend noch in die Apotheke. Sie ist eindeutig Toms Komplizin.

Wer hätte das gedacht?

Mina hat es gleich mit zwei Psychopathen zu tun, die obendrein skrupellose Kidnapper eines Kindes sind.

Sie wird drei Kreuze machen, wenn der Horror vorbei ist und die beiden hinter Schloss und Riegel gebracht sind, doch was, wenn ...?

Weiter will und kann Mina nicht denken, denn Tom nimmt sie in den Arm. Dann greift er mit der Hand um ihren Nacken. Er flüstert: „Sag mir, dass du mit mir leben wirst."

Mina nickt.

Der Griff wird fester. „Ich erwarte eine Antwort, Carol. Oder willst du, dass das Mädchen für deine Dummheiten bezahlt? Sie ist doch noch so jung."

Die Angst schnürt Mina unablässig die Kehle zu, doch sie weiß, was alles von ihrem Handeln jetzt abhängt.

In ihrem Kopf sucht sie die Worte zurecht, die Tom von ihr hören möchte. Wie zum Teufel hatte sie die Antwort vor Jahren an den Killer formuliert? Wie soll man unter diesen Umständen noch einen klaren Gedanken fassen können?

„Ich habe keine Ahnung", murmelt Mina benommen.

Tom löst sich aus der Umarmung und sieht sie mitleidig an. Er scheint ihr situationsbedingt sogar zu glauben.

„Pass auf Mina, ich erkläre die Spielregeln extra für dich jetzt ganz genau. Aber nur ein einziges Mal."

Er presst die Lippen zusammen, dann fährt er fort: „Du bist Carol und ich bin Mister Jamessen. Besser bekannt als „der Professor". Erinnerst du dich? Ich denke ja. Ich werde jetzt Katrin anrufen und fragen ob bei ihr alles im grünen Bereich ist und dann werden wir beide in aller Ruhe die Halle verlassen, damit ich dir dein neues Zuhause, dass ich nur für dich eingerichtet habe, zeigen kann. Wenn du dich mir entziehst, dann wird die arme, kleine Sofia leider nicht mehr allzu lange Freude an ihrem Zauberstab haben. Verstehst du?"

Wieder folgt ein Nicken von Mina.

„Sehr gut", lobt Tom, ehe er sich das Handy ans Ohr hält.

Anscheinend dauert das Klingeln länger, als er erwartet hatte, weshalb Mina ihn fluchen hört: „Verdammt, nimm endlich ab!"

Katrin scheint es getan zu haben, denn es folgt: „Boah, mach das nie wieder! Ich sagte dir doch, dass du sofort drangehen sollst, wenn ich mich melde."

Pause. Anscheinend erklärt sich seine Freundin.

„Ist schon in Ordnung. Ich wollte nur sichergehen, ob wir Phase zwei starten können. Nachdem alles bis hierhin nach Plan verläuft, melde ich mich erst wieder vom Zielort. Oh, und Katrin, ich weiß das wirklich sehr zu schätzen."

Aufgelegt.

Minas Augen gleiten nervös hin und her, aber sie ist dankbar noch auf eigenen Beinen stehen zu können.

Es wäre außerdem sehr unklug Tom bohrende Fragen zu stellen, die ihn womöglich nur in Rage bringen und im Umkehrschluss das Leben des Mädchens gefährden.

Ein triumphierendes Lächeln ziert Toms Gesicht.

„Versuchen wir es doch gleich noch mal. Carol, sag mir, dass du mit mir leben wirst."

Innerlich schreit Mina vor lauter Versagensangst auf. Sie zwingt sich schwer herunterzuschlucken und ihre Lippen zu öffnen: „Das werde ich, ... geliebter Professor."

Unendliche Glücksgefühle durchbrechen in diesem Moment Toms Gesichtszüge. Er selbst hatte sich jahrelang auf dieses Spiel vorbereitet und davon geträumt, dass Mina diesen Satz einmal zu ihm sagen wird.

Jetzt, wo sie es tatsächlich getan hatte, fühlt es sich unbeschreiblich gut an.

Er küsst Mina sanft auf die Stirn.

Das führt dazu, dass sie zusammenzuckt und sich ihr gesamter Körper angewidert verkrampft.

Tom seufzt: „Oh Carol, du liebst mich? Wenn du nur wüsstest, wie es einmal sein wird, zwischen dir und mir. Wenn du nur mehr gehorchen und dich mir weniger verweigern würdest, dann ... "

Tom beginnt nahe an Minas Ohr zu hauchen: „Müsste ich dir all das hier nicht antun."

Der Kopf versucht Mina unablässig einzureden, dass Tom gar nicht so böse ist, wie er versucht zu spielen, sondern dass mit seiner Psyche etwas nicht stimmt.

Er ist krank. Reif für die Klapse!

Nur was nützt ihr diese Erkenntnis? Nichts. Richtig!

Wie soll sie nur aus dieser Lage wieder herauskommen?

Tom richtet sich vor ihr auf. „Du wirst mir jetzt deine Hand geben und dann spazieren wir zwei in aller Ruhe hier raus, steigen in mein Auto und dann ... "

Ungewollt übernimmt an dieser Stelle Minas Panik die Kontrolle. Ihr laufen Tränen über die Wangen und sie fuchtelt verneinend mit den Händen vor ihm herum: „Bitte Tom, du musst das nicht tun. Es ist doch nur ein Buch. Eine Geschichte, verstehst du? Sag Katrin es ist ein Scherz gewesen, okay? Noch ist nichts passiert und ich werde auch nichts verraten. Versprochen! Ich gebe dir mein Wort. Wir können alle nach Hause und so tun ... "

Wütend drückt Tom Mina gegen die Bücherwand.

Dabei presst er ihr eine Hand fest auf den Mund- und Nasenbereich. „Was hast du eigentlich nicht kapiert? Ich mache keine Witze in dieser Sache. Dafür habe ich das Ganze schon viel zu lange geplant. Dein Buch hat mir erst die Augen geöffnet, wie es um dich und mich bestellt ist. Du bist Carol und ich der Professor! Deshalb werde ich jetzt meine Hand lösen und dich küssen. Du wirst genau wie Miss Flaws all deine Gefühle zu mir in diesen Kuss legen. Sollte ich merken, dass es sich nicht echt anfühlt, na ja, du weißt schon."

Mina hat nur ein einziges Empfinden in diesem Augenblick, und zwar, dass man ihr den Boden unter den Füßen wegreißt.

Ihr Thriller ist einwandfrei nachvollziehbar, doch dass sie jemals selbst in die Rolle des Opfers schlüpfen würde, dass hätte sie niemals geglaubt.

Der Professor küsst Carol erst, als sie sich schon einige Tage in seiner Gewalt befindet und nicht während des eigentlichen Kidnappings.

Worauf will Tom jetzt also hinaus?

Die Hand hat er zwar noch nicht von ihrem Gesicht gelöst, doch sie vernimmt seine raue Stimme: „Süße Carol, sag mir ob du es von mir haben willst?"

Mina kann sich auf diesen Satz keinen Reim machen.

Sie schluchzt so stark, dass Tom seine Hand lockert, damit sie atmen kann. „Bitte, hör auf damit. Ich flehe dich an!"

Energisch schüttelt Tom den Kopf. „Nein, nein, nein! So läuft das nicht! Du gibst mir die korrekte Antwort auf meine Frage, oder ich … "

„Der Brüller! Echt, ganz großes Kino, Herr Professor", unterbricht plötzlich eine weitere Stimme, mit mehr als schelmischem Lachen, Toms Wutausbruch.

Als jener sich umwendet kann er kaum glauben, wer da am Stand zum Stehen gekommen ist.

Auch Minas Augen weiten sich, denn sie sieht einen Funken Hoffnung am Horizont aufblitzen.

Adrian fährt fort: „Piep! Da war der Traktor wieder schneller als das Küken, findest du nicht?"

Tom kann keineswegs über diesen derben Witz lachen. „Adrian! Verpiss dich! Das geht dich nichts an."

„Ja, ist klar! Ich meine, du bedrängst in aller Öffentlichkeit eine Autorin und ich komme nur zufällig vorbei, weil ich mein Handy nicht finden kann. Lasst euch von mir nicht stören. Ich sehe mich nur kurz um und bin auch gleich wieder verschwunden. Schließlich ist mein Job erledigt", stellt Adrian klar und beginnt damit sich am Stand überschwänglich umzusehen.

Das kann doch nicht sein verdammter Ernst sein, schießt es Mina durch den Kopf. Ja, sie hatte ihn zu Unrecht falsch behandelt, aber er muss ihr doch aus dieser Situation heraushelfen, oder?

Freundlich lächelnd wendet sich Adrian erneut an Tom: „Ich will dir nicht zu nahetreten, aber aus reiner Neugierde, frage ich dich, was du dir von Carol für eine Antwort erhoffst, wenn die Frage völlig falsch formuliert wurde?"

Das wird Tom eindeutig zu viel!

Er zieht eine Waffe aus seinem Gürtel hervor. „Halt endlich dein Maul, Adrian!"

Mit erhobenen Händen sieht Adrian fest in Toms Augen.

„Woah, wer wird denn gleich die Nerven verlieren. Ich wollte doch nur helfen."

„Geh und hilf wem anders, okay. Deine Dienste werden hier nicht länger gebraucht. Eigentlich hätte es dich von Anfang an in dieser Story nicht geben sollen", kontert Tom mit einem gefährlich nervösen Zeigefinger auf dem Abzug.

Adrian nickt verständnisvoll. „Ist es nicht immer dasselbe? Ich meine, taucht nicht am Ende eines guten Buches jedes Mal der auf, mit dem man am wenigsten gerechnet hat?"

„Mag sein, aber das hier ist was anderes", erklärt Tom.

Wie ein Forscher, der ein laufendes Experiment betrachtet, sieht Adrian zu Mina. „Wie ich sehe, macht es dir unheimlichen Spaß mit Männern zu spielen. Genau, wie du es mit mir getan hast, richtig?"

Mina glaubt sich übergeben zu müssen.

Sie stammelt: „Oh Gott, Adrian das denkst du doch nicht wirklich. Bitte ..., bitte hilf mir."

Als Tom sich samt seiner Waffe zu Mina umwenden will, sagt Adrian: „Ist das in Ordnung? Sagen Sie es mir, Herr Professor."

Wieder kullern Mina unzählige Tränen über die Wangen. Angst, Unverständnis und Zorn vermischen sich darin. Wie kann es sein, dass ihre einzige Hoffnung, das kranke Spiel eines Psychopathen unterstützt?

Tom hingegen fühlt sich plötzlich verstanden. „Nein, das ist ganz und gar nicht in Ordnung. Deshalb muss jemand diesen Schlampen zeigen, wo es langgeht."

Wieder fuchtelt er mit der Waffe durch die Luft, dann folgt: „Adrian, warum tust du das? Ich dachte, du hättest was mit ihr am Laufen. Das kann ich nicht länger dulden."

„Bin ich ganz deiner Meinung. Glaub mir vor allem, wenn ich dir sage, dass wenn ich gewusst hätte, dass Carol Dein ist, dann hätte ich niemals etwas mit ihr angefangen. Außerdem hat sie mich vorgeführt, was bedeutet, dass all ihre Liebe schon immer dir galt", bestätigt Adrian.

„Ja, ja, ja", kommt es schnell hintereinander über Toms Lippen. „So ist es! Also verschwinde!"

„Wie du willst. Dann wünsche ich euch beiden noch eine wundervolle Zeit miteinander", verabschiedet sich Adrian, doch er legt eine Hand grübelnd ans Kinn.

„Eine Sache wäre da noch."

Tom verdreht ungeduldig die Augen. „Was denn noch?"

„Also nur, falls es dich interessiert. Katrin ist keine sichere Quelle. Ich habe sie zusammen mit dem Mädchen getroffen und was glaubst du, wohin sie gerade gehen?"

„Nirgendwo, solange ich es nicht sage", schreit Tom laut los.

Dann sieht er sich um, denn ihm ist bewusst, dass er sich nicht so sehr aus der Reserve locken lassen darf. Er gefährdet damit sich und den Plan.

Höchste Zeit, die Kontrolle zurückzuerlangen.

Wird er eben Adrians Glaubwürdigkeit auf die Probe stellen. „Du sagst mir, wo Katrin und das Mädchen hingehen, aber erst wenn du mir verraten hast, was du meintest, als du sagtest, ganz großes Kino und ich hätte die Frage falsch formuliert. Du kennst doch die Geschichte um Carol und den Professor gar nicht. Hör also auf mich zum Narren zu … "

„Ist das so?", unterbricht Adrian mit funkelnden Augen.

„Also soweit ich es richtig verstanden habe, verlangt der Professor den ersten Kuss in seinem unterirdischen Versteck. Du hast diesen bereits vorhin von Mina …, Verzeihung, mein Fehler, … ich meine von Carol, eingefordert und sie dabei gefragt: Sag mir ob du es von mir haben willst?"

Mina staunt nicht schlecht, dass Adrian die Geschichte zu kennen scheint, doch Tom wird bei diesem Gedanken um einiges nervöser. „Na und? Ob hier oder erst in meinem Lager, dass ich über Wochen mühselig gebaut habe. Was spielt das für eine Rolle?"

Adrian muss auflachen. „Oh, im Grunde gar keine, aber du willst doch, dass es echt ist. Wenn du korrekte Antworten möchtest, dann müssen auch die Fragen stimmen."

Tom scheint über den Sinn nachzudenken.

Ohne die Waffe nur einen Zentimeter zu senken, fragt er: „So, du Schlaumeier, dann verrate mir doch mal, wie die Frage richtig lautet?"

Adrian räuspert sich. „Ich darf den Professor spielen?"

„Ja, aber nur für diese Frage, ist das klar?", will Tom von ihm wissen.

„Geht klar", bestätigt Adrian und er fügt den Professor zitierend hinzu: „Süße Carol, es kann losgehen. Bist du schon aufgeregt?"

Innerlich schreit Mina auf.

Adrian kennt den Satz aus ihrem Buch auswendig und jetzt, wo er ihn über die Lippen gebracht hat, zeigt ihr Gedächtnis bildlich die Stelle, an der sich Tom in der Geschichte befindet.

Das Gesicht des eigentlichen Psychopathen in der Halle erhellt sich. Tom nimmt sogar den Finger vom Abzug.

Dann lacht er auf. „Adrian, mein Freund. Ich muss leider zugeben, dass du recht hast. Hätte ich nicht erwartet, um ehrlich zu sein."

„Du bist aber doch ein kluger, junger Mann, deshalb biete ich dir jetzt einmalig meine Dienste an, okay?", sagt Adrian mit einer Ruhe in der Stimme, die Mina durch und durch geht.

Er bietet seine Dienste an? Wie kann das sein?

Hat sie es heute mit gleich drei Verrückten zu tun und das nur, weil sie ein Buch geschrieben hatte?

Wieder schluchzt sie auf: „Adrian, ich bitte dich!" Mina bekommt sich allerdings schnell wieder unter Kontrolle, als sie Adrians Worte an sie gerichtet hört.

„Verflucht Carol, sei still! Mit dir habe ich nicht geredet, sondern ich spreche mit dem Professor."

Toms Lächeln wird breit.

Er fühlt sich in diesem Moment verstanden. Er ist endlich der, der er schon immer sein wollte und bekommt sogar die volle Bestätigung.

Viel mehr als das. Er wird in seinem Tun respektiert.

Die ganze vergangene Nacht hatte er damit verbracht, Katrin für sich und seine Zwecke zu gewinnen.

Doch mit Adrian geht das Ganze um so vieles einfacher.

Wer hätte das gedacht?

Außerdem kann er diesen von seiner gedachten Feindliste streichen. Es hatte ihm schon genug innere Disziplin abverlangt, den beiden über die letzten Tage hinterher zu schleichen und mitanzusehen, wie dieser Bodyguard seiner geliebten Mina unaufhaltsam immer näherkommt.

Der Abend, an dem Tom von der gegenüberliegenden Straßenseite mitverfolgen konnte, wie Adrian von Mina mit nach Hause genommen wurde und dann zwei Tage danach das kleine Techtelmechtel in dem Abstellraum, waren in seiner Vorstellung definitiv zu viel des Guten.

Jetzt soll Adrian derjenige sein, dessen Schicksal es ist, ihm dabei zusehen zu müssen, wie Mina Sein ist.

Besser geht es nicht!

In dem Moment als er Adrian antworten möchte, schießt Mina plötzlich wie ein Pfeil an ihm vorbei.

Sie will nicht mehr, als der unüberschaubaren Situation zu entkommen. Koste es, was es wolle.

„Bleib stehen", schreit Tom und erhebt die Waffe.

Mina denkt nicht im Traum daran.

Gleich wird sie eine Kugel in ihrem Rücken- oder Kopfbereich spüren, doch sie muss es riskieren.

Aufkommendes Adrenalin sammelt sich vorwiegend in ihren Beinen, damit sie fliehen kann.

Das stark vorherrschende Angstgefühl lähmt weiterhin ihre Stimmbänder, weshalb sie nicht in der Lage ist lauthals loszuschreien.

Plötzlich wird Mina im Laufen gepackt und sie spürt, wie ein starker Arm unter ihren rechten greift.

Höllischer Schmerz durchfährt sie, als die zugehörige Hand immer weiter an ihrem Rücken, bis hin zur linken Schulter, nach oben gezogen wird.

Sie will strampeln, weinen und schreien, doch ihr Mund wird erneut zugehalten.

Aus ihrem eigentlichen Vorhaben entsteht nur noch ein klägliches Wimmern und ihre Beine werden aufgrund des anhaltenden Schmerzes schwammig.

Ein Umfallen oder auf den Boden sacken ist schier unmöglich, denn ihr eigener Körper wird stark an Adrians gepresst.

„Alles unter Kontrolle! Nimm die Waffe runter", ruft jener zu Tom, der wie Rumpelstilzchen nervös von einem Fuß auf den anderen tritt.

Vertrauen ist aufgebaut. Das beweist Adrian Toms Verhalten, denn dieser senkt die Waffe.

Er atmet sogar sekundenlang erleichtert aus. „Puuh, der Polizeigriff. Raffiniert, raffiniert. Dein Job als Bodyguard zahlt sich aus."

„Ich sagte doch, dass ich dir meine Dienste anbiete. Was jetzt", fragt Adrian, dem durchaus bewusst ist, welche Qualen Mina, unter dieser Art des Festhaltens, ertragen muss.

Tom braucht einen Moment Bedenkzeit.

Dann kehrt der psychopathische Blick zurück. „Gib sie mir! Ich will Carol genauso halten können und dann mit ihr zusammen verschwinden. Was ich mit ihr sonst noch vorhabe, dazu brauche ich dich und deine Dienste nicht mehr."

Adrian grinst. „Kann ich mir denken, aber hast du denn gar keine Angst, dass Katrin oder ich dich bei den Bullen verpfeifen könnten?"

Tom lacht siegessicher auf. „Wie ich sehe, scheinst du selbst etwas davon zu haben, wenn ich mich intensiv dieser Frau annehme und sie ein für alle Mal aus dem Verkehr ziehe. Soll Katrin ruhig reden. Man sieht sich immer zweimal im Leben. Da wo Carol und ich sein werden, wird uns niemals jemand finden können, dafür habe ich bereits gesorgt."

Bei Toms letztem Satz handelt es sich um ein weiteres Zitat aus Minas Buch, denn das sagt der Professor zu Carols Mutter am Telefon, als diese über das Smartphone vergeblich versuchte, ihre Tochter zu erreichen.

„Ganz wie Sie wollen, Herr Professor. Aber dazu muss ich die Dame in ihre Hände überlassen, was erfordert, dass Sie mir Carol abnehmen. Ich zeige Ihnen bei dieser Gelegenheit auch gerne, wie das funktioniert, falls die junge Frau noch einmal vorhat zu fliehen."

Mina kann nicht glauben, was sie da von Adrian hört. Noch dazu von dem Mann, den sie in den letzten Tagen so nah an sich und bis in ihr Herz gelassen hatte.

Tom hingegen erhebt erneut die Waffe.

Mit sich überschlagender Stimme schreit er: „Netter Versuch, Mister von und zu Bodyguard! Aber ich bin nicht so dumm. Lass Carol los! Sie wird wohl kaum riskieren, dass ich dich erschieße. Du kannst mir den Kniff genauso gut aus sicherem Abstand erklären."

„Loslassen?", fragt Adrian ungläubig.

„Loslassen! Was gibt es denn daran nicht zu versehen?"

Wieder beginnt Tom nervös in der Gegend herum zu fuchteln.

Dann wird er still und seine Augen finster. „Okay, ich werde sie dir abnehmen, aber keine Dummheiten!"

„Du solltest dich lieber beeilen, denn wer weiß, ob Katrin nicht schon längst die Bullen auf den Plan gerufen hat", wirft Adrian dazwischen.

Quietschende Reifen und blinkende Lichter zeugen bereits im nächsten Augenblick davon, dass er recht hat.

In wenigen Minuten wird die Polizei das Gebäude umstellt haben und dann war es das, denkt Tom, während er näher auf Adrian und Mina zukommt.

Bis hierhin war es die Mühe wert und es gibt noch immer die Möglichkeit zu fliehen.

„Ich werde Mina an mich nehmen und du wirst hier stehenbleiben und den Lockvogel für die Bullen spielen. Die Waffe bleibt in meiner Hand. Nur zur Sicherheit."

„Das ist doch mal ein Anfang", bestätigt Adrian.

Als Tom nur noch einen einzigen Schritt von ihnen entfernt ist, wendet sich Adrian an die wimmernde Mina:

„Du wirst dich nicht bewegen! Hörst du?"

Weitere Tränen schießen ihr in die Augen, doch sie nickt. Sprechen kann sie aufgrund von Adrians Hand über ihrem Mund noch immer nicht.

Die Angst, die sich mittlerweile mehr und mehr in ihrem Inneren ausgebreitet hat, würde es ihr ohnehin schier unmöglich machen.

Langsam lockert Adrian den Griff und der Schmerz auf Minas Rücken lässt nach.

Er sieht Tom in die Augen. „Herr Professor, Sie müssen Ihren eigenen Arm unter Carols legen und anschließend diesen bis hinauf zur anderen Schulter ziehen. Wenn das geschehen ist, dann erfordert es nur noch den Wechsel unserer Hände über Carols Mund."

Plötzlich werden Türen aufgestoßen und mehrere Schritte ertönen in der Halle.

Tom bleibt keine Zeit mehr zum Nachdenken, deshalb tut er wie Adrian es von ihm verlangte.

In exakt dem Moment als er den Arm, samt der Waffe in seiner Hand unter Minas schiebt, schreit er laut auf.

Mina wiederum erschreckt sich so sehr, dass sie sich von beiden Männern losreißt und instinktiv die Flucht ergreift.

Wohin, das weiß sie nicht.

Doch bereits um die nächste Ecke herum fällt ihr ein Stand ins Auge, der vollkommen im Dunkeln liegt. Vielleicht sind die Scheinwerfer ausgeschaltet worden, oder schlichtweg ausgefallen.

Ist ihr egal, denn dort kann sie sich hinter einem Schreibtisch, dessen Rückwand bis auf den Boden reicht, verstecken und hoffen, dass keiner sie findet.

Zumindest solange, bis die Polizei die Psychopathen in Gewahrsam genommen hat.

Guter Gedanke, allerdings kann sie so unmöglich mitbekommen, was sich am Stand von SUNSHINE-BOOKS in diesem Augenblick abspielt.

Der Aufschrei von Tom erfolgte nachdem Adrian ihn, mit einem gezielten Schlag in die Armbeuge, dazu brachte die Waffe aus der Hand fallen zu lassen.

Als Mina sich befreite, packte Adrian Tom in den Polizeigriff, nur dass er dieses Mal dessen Arm um einiges fester in die Höhe gerissen hatte.

Seine Stimme klingt angespannt und voller Verachtung.

„Gefällt dir das, du krankes Schwein? Ich meine, du wolltest doch so gerne wissen wie das Ganze funktioniert, oder nicht? Jetzt kannst du es sogar am eigenen Leib fühlen. Ist das nicht fantastisch?"

„Lass mich ... ", will Tom antworten, doch Adrian kann nicht anders. Er bricht Tom den Arm.

Ein noch lauterer Aufschrei als zuvor kommt aus dessen Kehle und Adrian hätte ihm am liebsten noch um einiges mehr zugesetzt, doch die Worte: „Polizei! Hände hoch!", veranlassen ihn dazu, Tom wie eine heiße Kartoffel vor sich auf den Boden fallen zu lassen.

Handschellen klicken.

Zum Glück nicht bei Adrian, denn Katrin hatte ihr Wort gehalten und die Sachlage, wer hier der Böse ist, bereits im Vorfeld aufgeklärt.

Als Adrian den Entschluss fasste, dass es besser ist zu gehen, traf er auf seinem Weg nach draußen auf Katrin und die kleine Sofia.

Das Mädchen war ihm von der Lesung bekannt und Katrin wollte eigentlich ihre kranke Mutter versorgen.

Noch mehr wunderte ihn, dass die beiden, Hand in Hand, aus der Damentoilette heraustraten.

Er ging direkt auf sie zu, was bei Katrin sofort einen Anflug von starker Nervosität verursachte. „A ..., Adrian, was machst du denn hier?"

„Dasselbe wollte ich dich auch gerade fragen", antwortete er mit fest zusammengekniffenen Augen. „Ich dachte du wärst auf dem Weg zum Arzt und zur Apotheke."

Katrin sah ihn an und schüttelte den Kopf. „Nein ..., ich meine ja ..., das wollte und werde ich auch. Die Kleine hat leider ihren Zauberstab zerbrochen und da dachte ich, dass ich helfen könnte. Man hat mir gesagt, dass in irgendeinem Raum sich Kleber befindet und ... "

Mit verschränkten Armen und Blick auf Sofia, unterbrach Adrian das Geschwätz: „Du sagst, du hättest die Kleine auf der Toilette getroffen und jetzt möchtest du den Zauberstab richten? Warum holt ihr bei Fee nicht einfach einen neuen?"

Katrin sagte nichts. Warum antwortete sie nicht?

Adrian kniete sich zu dem Mädchen. „Wo ist deine Mami oder dein Papi?"

„Noch bei den Büchern, es könnte heute später werden", erklärte ihm die Kleine mit großen Augen.

Adrian schoss durch den Kopf, wie verantwortungslos doch manche Eltern mit ihren Sprösslingen umgehen.

Wenn das Mädchen an wen anderes als Katrin geraten wäre, das war nicht auszudenken in diesem Augenblick.

Dass Sofia die Tochter von Anne Maurer ist, das konnte Adrian zu diesem Zeitpunkt unmöglich wissen.

„Deine Mami suchen wir im Anschluss", piepste Katrin.

Adrian richtete sich auf und sah Katrin lange in die Augen, was diese nur noch aufgeregter werden ließ. „Weißt du, ich verstehe nicht, wie es sein kann, dass du die Heilerin von gebrochenen Zauberstäben bist, wenn das Mädchen gar keinen bei sich hat."

Katrin musste schwer schlucken. „Ich wusste nicht, dass der Stab kaputt ist, das hat mir die süße Sofia erst auf der Toilette erzählt."

Das Mädchen sah empört zu Katrin auf. „Nein, du weißt es, seit ich zu meiner Mama laufen wollte. Du hast gesagt, ich soll nicht weinen und dass du einen Kleber besorgen wirst, um ihn zu richten. Jetzt sind wir schon so lange in diesem Raum und haben noch immer keinen gefunden. Spielen mag ich außerdem auch nicht mehr."

Katrin schloss bei diesen Worten kurz die Augen.

Denn eigentlich wäre alles so einfach gewesen.

Sie sollte sich das Mädchen unter einem Vorwand krallen und Sofia solange bei sich behalten, bis Tom mit Mina die Halle verlassen hatte. Ganz easy!

Wer rechnet schon damit, dass die Natur ruft und Adrian, der eigentlich bis zum Schluss am Stand hätte bleiben sollen, plötzlich wie aus dem Nichts aufkreuzt?

Warum hatte Tom sie nicht gewarnt?

Na ja, der dachte eben, dass sie sich in dem sicheren Versteck befinden.

„Katrin, was geht hier vor", fragte Adrian streng.

Sie lächelte. „Kinder! Reden wirres Zeug, nicht wahr?"

Dann wandte Katrin sich an Sofia. „Warum zeigen wir dem lieben Onkel Adrian nicht deinen Zauberstab? Er kann ihn mit Sicherheit richten."

Jetzt steuerten sie auf den besagten Raum zu.

Adrian folgte hinein.

Er erkannte den Raum sofort wieder, denn darin hatte er mit Mina ... Schluss damit! Das ist irrelevant.

Sofia rannte los und zog den Stab aus einem der Regale hervor. „Kannst du den wieder heile machen?"

„Ich kann es gerne versuchen. Dazu brauche ich ... ”, wollte Adrian der Kleinen erklären, als er hörte wie die Türe hinter ihnen zugesperrt wurde.

Mit einer Waffe in den Händen stand Katrin hinter ihm und sagte: „Mit dir habe ich nicht gerechnet, aber wenn du hier bist, wird Tom es um einiges leichter haben.”

Adrian wandte sich um. „Katrin? Ist das dein Ernst? Was meinst du damit, er wird es leichter haben?”

Ein Lachen, dass dem einer alten Hexe ähnelte, kam aus ihrem Mund. „Oh stimmt. Wie dumm von mir. Du kannst ja gar nicht wissen, dass Tom derjenige welche ist, vor dem du Mina eigentlich hättest beschützen sollen.”

Sofia begann zu weinen, weshalb Adrian einen Arm schützend um ihre Schultern legte. „Ist schon gut.”

Dann sah er zu Katrin. „Ich kombiniere mal kurz. Tom ist seit über zwei Jahren der Stalker und du seine Komplizin? Himmel, Katrin was ist nur in euch gefahren? Ist dir auch vollkommen bewusst, was du da tust? Das zieht mit Sicherheit eine lange Haftstrafe nach sich.”

„Wird es nicht, denn Tom hat alles gut durchdacht. Wenn du es genau wissen willst, dann bin ich erst seit gestern Nacht seine Verbündete. Er hat in mir seine große Liebe gefunden und wenn das hier vorbei ist, dann werde ich mein restliches Leben mit ihm verbringen.”

Dieses Mal ist es Adrian der unweigerlich auflachen muss. „Wie alt bist du? Vierundzwanzig oder jünger? Und du redest von deinem gesamten restlichen Leben, dass wenn ich es mal milde ausdrücken darf, noch eine verdammt lange Zeit sein kann. Noch dazu im Knast.”

„Halt die Klappe, Adrian! Wir wissen, dass Mina und du mehr füreinander empfindet. Es war so erbärmlich wie sie gestern Abend Tom und mir ihr Herz ausgeschüttet hat. Die Arme denkt allerdings, dass du Fees aktueller Lover bist, weshalb ich ihr geraten habe, dass sie dich wie Luft behandeln und am besten komplett vergessen soll. Männer wie du sind nicht den Dreck an den Absätzen von Frauenschuhen wert."

In Adrians Kopf gingen plötzlich ganze Lichterketten an und die Stränge führten zur totalen Erleuchtung.

Wenn Mina die ganze Zeit über davon ausgegangen ist, dass er nicht frei ist, dann fühlte sie sich von ihm schamlos ausgenutzt. Das wiederum erklärte ihm ihr Verhalten bei sich zuhause und die Ohrfeige, die echt mehr als nur gesessen hatte. Nicht unbedingt der wahre Schmerz auf seiner Wange, sondern vielmehr der in seinem Inneren, dass sie ihn erneut von sich wies.

Eigentlich hätte Katrin erwartet, dass Adrian nach solch einer Aussage Gift und Galle versprühen würde, aber er blickte sie weiterhin in einer erschreckenden Ruhe an, die es ihr schwer machte, sich richtig auf die Situation zu konzentrieren.

Sofia schluchzte: „Ich will zu meiner Mami."

Gleichgültig was Katrin mit der Pistole in ihrer Hand tun konnte, griff Adrian in eines der Regale und zog eine Tube Flüssigkleber von dort heraus.

Wieder ging er in die Hocke und bat Sofia ihm die zwei Teile des Stabes zu überreichen. Sie tat es.

„Was machst du da? Lass deine Hände dort, wo ich sie sehen kann", fluchte Katrin lautstark.

„Kein Grund zur Panik. Ich repariere nur den Stab", beteuerte Adrian, der mittlerweile den Klebstoff auf das eine Ende der Abbruchstelle fließen ließ.

Er sah permanent der kleinen Sofia in die Augen, denn das lenkte ihre kindliche Aufmerksamkeit zumindest von der irren Frau mit der Waffe weg.

„Willst du mir helfen?", fragte Adrian ganz freundlich.

Sofia nickte und wischte sich zeitgleich die Tränen von den Wangen.

„Okay", sprach Adrian weiter, „dann drück jetzt so fest du nur kannst, das andere Ende auf dieses hier."

Die zwei Teile des Zauberstabes verschmolzen wie Butter miteinander.

Mit dem Finger strich Adrian Klebereste um den Einriss herum, damit dieser nicht noch mal in der Lage sein wird, an genau dieser Stelle abzuknicken.

„Adrian! Ich warne dich ein letztes Mal", schimpfte Katrin, doch er sah weiterhin dem Mädchen in die Augen. Seine Worte galten allerdings ihr. „Du warnst mich? Warum? Weil ich ein Spielzeug richte, damit Sofia, der du eine Heidenangst eingejagt hast, wieder lächelt? Du allerdings wirst nicht mehr lange einen Grund zur Freude haben, oder was denkst du, plant Tom tatsächlich mit seiner Aktion? Eure lebenslange, gemeinsame Zukunft mit Sicherheit nicht."

„Doch das tut er", schmetterte Katrin die Worte ab.

Adrian überreichte den Zauberstab an Sofia.

Beim Aufstehen sagte er: „Klar doch. Und warum will er dann Mina bei sich haben? Katrin, merkst du nicht, was hier vor sich geht?"

„Sei endlich still", schrie jene aufgeregter als zuvor.

„Wie du willst, aber zuerst möchte ich, dass du einen Moment lang dein Köpfchen anstrengst, okay?", forderte Adrian und er schob Sofia dabei ein Stück weit hinter sich. „Ich frage dich also, was hat Tom mit Mina vor? Denn ob du es glaubst oder nicht, wenn ich hier rauskomme, ist er so oder so einen Kopf kürzer."

„Tzzz, du kommst hier aber nicht raus und wenn, dann sind wir schon längst über alle Berge. Deshalb sollst du ruhig wissen, dass deine Mina von Tom in ein Versteck gebracht wird, wo sie bis an ihr Lebensende verrotten kann", konterte Katrin trotzig.

Adrian senkte theatralisch den Kopf. „Meine Güte, das ist ja noch amüsanter, als ich es mir ausgemalt hätte. Katrin, verdammt noch mal wach endlich auf! Warum sollte jemand einen Menschen entführen, den er in diesem Fall genauso gut gleich umbringen könnte? Verrotten lassen wird er Mina nach all den Jahren wohl nicht lassen wollen, also frage ich dich, liebe Katrin, was will Tom wirklich?"

„Tom will Gerechtigkeit. Sein Großvater liegt in einem Altersheim und er leidet an der gleichen Krankheit wie Carols Mutter in den Büchern. Mina hat die Frau eiskalt sterben lassen und er will nicht, dass ... "

„Diese Story hat Tom dir erzählt?", wollte Adrian wissen. „Dass er sich rächen will für eine beschriebene Krankheit?"

„Ja, das ist doch nachvollziehbar. Er ist schwer enttäuscht, dass Mina so leichtfertig ... "

„Carols Mutter am Ende überleben lässt, wenn auch verdammt knapp", warf Adrian seine Frage dazwischen. Er war insgeheim heilfroh, sich den ersten Band der Thriller-Reihe, in einer einzigen Nacht, zu Gemüte geführt zu haben.

Katrins Augen wurden größer und größer.

Sie konnte kaum glauben, was sie da zu hören bekam, deshalb begann sie zu zittern. „Wie bitte? Ich meine, ich dachte ... "

„Hast du die Bücher gelesen?", fragte Adrian leise.

Katrin presste die Lippen zusammen. „Nein, wann denn? Ich habe mich nur ... "

„Auf Tom verlassen", beendete Adrian ihren Satz. „Ich sagte ja bereits, dass es an der Zeit ist aufzuwachen, Dornröschen. Dein Prinz benutzt dich, um eine andere Prinzessin für seine Zwecke in den Kerker zu werfen. Noch ist es nicht zu spät. Du kannst deinen Kopf noch aus der Schlinge ziehen."

„Das kann ich nicht. Ich liebe Tom", rief Katrin mit Tränen erstickter Stimme.

Adrian spürte wie Sofia sich immer fester mit ihren Händen in seinen Rücken einkrallte.

Das arme Kind musste schreckliche Angst haben, doch es galt für ihn weiterhin zunächst Katrin und die Waffe unter Kontrolle zu bekommen.

Adrian zog tief Luft ein, denn die nächsten Worte fielen selbst ihm nicht leicht. „Okay, verstehe ich. Doch wen liebt dieser kranke Mistkerl? Dreimal darfst du raten."

„Mina. Ist das wahr?" wollte Katrin erschöpft wissen.

Mit ausgestreckter Hand trat Adrian näher auf sie zu. „Ich befürchte, ja. Das ist die bittere Wahrheit."

Katrin projizierte nun all ihre Gefühle in die Körpersprache. Sie weinte, zitterte und litt.

Adrian nutzte diese Chance und griff schnell nach dem Lauf der Waffe. Ohne Gegenwehr ließ Katrin das gute Stück in seine Hand gleiten.

Vor Erleichterung atmete Adrian laut aus. „Sehr gut. Bleibt nur noch eines zu tun."

Er schiebt die kleine Sofia vor sich. „Du wirst jetzt mit der Tante, die gar nicht so böse ist, sondern nur von einem ... ", wie soll er das kranke Schwein in Gegenwart eines Kindes nennen? „... von einem bösen Riesen getäuscht wurde. Jetzt müssen sich die Elfen, also du und ich, zusammentun und dem Großen einen Tritt vor das Schienbein verpassen, den er nie mehr vergessen wird, verstehst du?"

Das Mädchen nickte aufgeregt und auch Katrin schien sein Vorhaben zu verstehen.

Er fuhr fort: „Wir verlassen diesen Raum und dann führt euch der Zauberstab direkt zum Ausgang. Katrin, du rufst die Polizei und erzählst denen, was Tom vorhat. Sie sollen sich beeilen. Du wirst ein mildes Urteil erhalten, da du arglistig getäuscht und mit dem höchsten Gut der Menschheit geblendet wurdest, nämlich mit deiner Liebe. Ich werde bestätigen, dass Sofia sich die ganze Zeit nicht in Gefahr befand. Und jetzt schnell! "

Katrins Handy klingelte plötzlich in ihrer Gesäßtasche.

Panisch zog sie es heraus und der Name Tom auf dem Display ließ sie einen Moment lang erschaudern.

„Ich muss rangehen, sonst weiß er, dass etwas nicht in Ordnung ist."

„Okay, tu das. Aber bitte mach keinen Fehler. Denk dran, was alles davon abhängt", erinnerte Adrian.

Nach nicht mal einer halben Minute Gesprächsdauer und der Bestätigung, dass alles nach Plan verläuft, konnte Katrin den rettenden roten Knopf betätigen.

Alle drei verließen den Raum.

Sofia zupfte Adrian noch einmal am Ärmel. „Was hast du denn vor? Komm doch bitte mit uns mit."

Adrian lächelte: „Das geht leider nicht."

„Aber warum denn nicht?", wollte die Kleine wissen.

„Weil ich dem großen, bösen Riesen jetzt gewaltig in den Arsch treten werde!"

Eigentlich wollte Adrian Schienbein sagen, doch das folgende breite Grinsen von Sofia bestätigte ihm, dass Kinder um so vieles schlauer sind, als man oft annimmt.

Nach wenig gewechselten Worten mit einem der Beamten, kommt Adrian endlich dazu sich umzublicken.

Wo steckt Mina?

„Wissen Sie wo sich Frau Winter zu diesem Zeitpunkt aufhält?", lautet auch schon die nächste Frage an ihn.

„Nein, das weiß ich leider nicht", ist alles, was Adrian antworten kann.

„Machen Sie sich keine Sorgen. Meine Kollegen und ich werden die Halle gründlich nach ihr absuchen und Sie melden sich bitte morgen bei Herrn Pfeifer auf dem Revier." Der Polizist kramt nach einer Visitenkarte. „Er wird ihre Aussage zu Protokoll nehmen."

„Ja, ähm ...", danke", bekommt Adrian über die Lippen und nimmt das eckige Stück Papier entgegen.

Während zwei Polizisten Tom, der noch immer wegen seines Armes herumschreit, abführen und weitere in den Gängen der Halle ausschwärmen, beschließt Adrian sich um die nächste Ecke zu begeben.

Hier muss Mina entlanggelaufen sein, doch wo ...

RUMS! Die gute Frau ist ihm gerade ziellos in die Arme gerannt.

Mina hatte den Tumult und die Stimmen der vielen Männer vernommen, weshalb sie beschloss sich aus ihrem sicheren Versteck heraus zu wagen.

Ein frühzeitiger, böser Fehler wie sie beim Blick in Adrians Augen feststellen muss.

Vor Schreck erhebt sie die Hand und will ihm erneut ins Gesicht schlagen, doch dieses Mal kann er ihr Gelenk im Schwung abfangen.

Mit der anderen Hand umklammert er ihre Hüfte und sein Gesicht kommt dem Ihren verdammt nahe.

„Ich warne dich! Halt dich von mir fern oder ... ", flüstert Mina ihm streng zu, doch bereits im nächsten Augenblick spürt sie seine Lippen auf ihrem Mund.

So viele Gefühle schießen durch Mina hindurch und selbst wenn ihr Kopf weiß, dass Adrian ein Psychopath ist, kann sie sich dem Kuss nicht entziehen.

Die Zungen finden sich fordernd und alle Gedanken schwirren vor sich hin.

Warum das so ist? Mina kann und will es sich beim besten Willen nicht erklären.

Zwei Beamte, die ebenfalls um die Ecke herumkommen, stoßen sich grinsend mit den Ellenbogen an.

Dann überlassen sie dem jungen Paar ihre Zweisamkeit.

Dass man Frau Winter wohlbehalten aufgefunden hat, ist das Wichtigste. Dass sie sich obendrein außer Gefahr befindet, dafür spricht allein das Romeo und Julia Szenario Bände.

Kurze Zeit später löst sich Mina sanft von Adrians Lippen. Sie sieht ihm lange und tief in die Augen.
Er schüttelt leicht den Kopf. „Dass ich dir wehtun musste, tut mir schrecklich leid. Aber Tom hätte mir die Show anders nicht abgekauft und er hätte dich mit hoher Wahrscheinlichkeit von hinten erschossen."
Minas Augen werden glasig, denn ihr Kopf vermittelt ihr, dass Adrian doch nicht der ist, für den sie ihn gehalten hatte. Schon wieder nicht.
Wird sie diesen Mann jemals richtig kennenlernen?
Ohne Missverständnisse? Das steht wohl in den Sternen.
Nachdem Mina einem der Beamten ebenfalls ein kurzes Statement abgegeben hatte, was sich an diesem Abend an Stand 12a in Halle 4 zugetragen hatte und sie einen Sanitätscheck freundlich ablehnte, kann auch sie, mit dem Wissen morgen aufs Revier kommen zu müssen, den Schauplatz verlassen.
Adrian ist nicht eine Sekunde von ihrer Seite gewichen und während sie aufgeregt erzählte, streichelte er mit den Fingern zärtlich über ihren Handrücken.
Jetzt spazieren die beiden Arm in Arm aus der Halle.
Viele blinkende Lichter blenden ihre Augen, doch Mina kann noch einen kurzen Blick auf Tom werfen, dessen eigentlicher Name Marco Seiler ist.
Durch die regelmäßigen Besuche bei seinem Großvater, Kurt Seiler, im hiesigen Altersheim, konnte er von dort das Telefon, für seine Anrufe bei Mina zuhause missbrauchen, doch das alles wird sie erst morgen auf dem Revier erfahren.

Der Stalker sitzt in Handschellen auf der Rampe eines Rettungswagens und lässt sich provisorisch von einem Sanitäter den Arm stabilisieren.

Zum Glück hat dieser Spuk, nach all den Jahren ein Ende gefunden, denkt Mina und sie fühlt sich in Adrians Arm geborgen und sicher.

An der Bushaltestelle angekommen wendet sich Adrian an Mina.

„Also, das soll jetzt nicht plump wirken, aber wir haben einiges zu bereden, ... denke ich zumindest, und deshalb stellt sich mir die Frage: Zu dir oder zu mir?"

Sie steckt lächelnd die Hände in die Manteltaschen. „Nun, da du eine gewisse Sache von mir zurückerhalten hast und ich nicht davon ausgehe, dass du die Packung bei dir trägst, würde ich sagen: Zu dir. Außer wir kaufen ... "

Adrian legt ihr einen Finger auf die Lippen.

Sein Atem ist rauchig und warm in der Kälte des voranschreitenden Abends.

Er flüstert: „Schon verstanden, dann eben zu mir. Wir sollten trotzdem vorsorglich welche kaufen gehen."

Plötzlich wird er ein wenig unsanft an der Schulter angetippt.

„Sie wollen sich besaufen gehen, anstatt die junge Dame zu einem romantischen Essen einzuladen?"

Als Adrian sich herumdreht, kann er in das faltige Gesicht von genau der älteren Dame blicken, die ihn schon einmal wie einen Idioten hatte dastehen lassen.

Seine Stimme wird laut: „Nein. Wir wollen nur etwas kaufen gehen!"

Die Dame formt die Augen zu schlitzen. „Junger Mann, ich kann sie sehr gut verstehen."

Adrians Kopf läuft heiß. Bitte nicht schon wieder.

Wieso versteht ihn dieses Mütterchen einfach nicht?

Weil einfach nun mal nicht einfach ist!

Aber wie konnte sie dann die geflüsterten Worte, an Mina gerichtet, vernehmen?

Sie spricht weiter: „Wissen Sie, heute habe ich meine Hörgeräte nicht zuhause vergessen."

Wie schön für Sie, schießt es Adrian durch den Kopf und seine innere Frage wurde soeben gleich mit beantwortet.

Er seufzt: „Dann würde ich sagen, dass heute mein Glückstag ist."

Die Frau kommt immer näher auf ihn zu.

Sie zieht ihn sogar am Ärmel seiner Jacke solange zu sich herab, bis sie ihm ins Ohr flüstern kann: „Ich denke, dass Sie an jedem Tag ganz viel Glück mit dem lieben Mädchen an Ihrer Seite haben. Nicht nur heute. Wieso lassen Sie das arme Ding hier in der Kälte frieren? Küssen Sie sie doch einfach."

Schon wieder das Wort, doch Adrian beginnt zu grinsen.

Mina möchte zu gerne fragen, was es da vor ihrer Nase zu tuscheln gibt, aber da hat er sie auch schon fest an sich gezogen.

Der folgende und äußerst intensive Kuss zwischen Mina und Adrian scheint nie enden zu wollen.

Als der Bus bereits in Sichtweite ist, murmelt das alte Mütterchen zufrieden vor sich hin: „Na bitte. Geht doch."

Weil einfach nun mal einfach ist.

Weitere Bücher der Autorin:

FRANKY O. – Donner im Herzen

FRANKY O. – Feuer im Herzen

ZWISCHENERDE – Wächter der Balance